「なんて小さくて愛らしい……」

カイン
ドレイク国の若き王
ゼルギス
ドレイク国宰相
ミレーユ
グリレス国からきた花嫁

ロベルト
グリレス国の第一王子
エミリア
ミレーユの妹
ルル
ミレーユの侍女

「ミレーユ、無事か!?」
「――カインさま!」

勘違い結婚
偽りの花嫁のはずが、なぜか
竜王陛下に溺愛されてます!?
2
森下りんご
Ringo Morishita
illustration m/g

Contents

プロローグ

「まだあの二人は見つからないのか!?」

ドレイク王国の若き竜王、カインの魔力の混じった一喝に、執務室の大窓が揺れる。

以前カインの魔力によって粉砕されたこの大窓は、その後より堅固に補修がなされていたが、そのかいもなく、いまにも砕け散りそうだ。

そんな怒り心頭の彼に、叔父であり宰相を努めるゼルギスがため息混じりに答える。

「そう簡単には捜し出せぬかと。行方をくらませることにかけて、兄上の右に出るものはおりません」

旅行中の前竜王と、皇太后の消息不明の一報が届いたのは数日前のこと。

竜族の婚儀は一年に一度。夏至の日にしか執り行えないというのに、よりにもよって一人息子の婚儀前に消息を絶つなど、さすがに予想だにしなかった。

「何を考えているんだ、父上たちは……!」

怒りで震える拳を強く握りしめ、苦々しく吐きだす。

初恋の君である齧歯族《げっしぞく》の姫、グリレス国の第一王女、ミレーユ・グリレスとの再会を果たし、紆《う》余《よ》曲折《きょくせつ》のあとやっと真に心を通わせることに成功したカインにとって、この知らせはまさに青天《せいてん》の霹靂《へきれき》だ。

「このままでは、本当に婚儀は延期だ……」

「カイン様にとって一年延期は一日千秋の思いでしょうが、あの二人にとっては誤差程度。とくに兄上からすれば、一年など昼寝にも満たない時間ですから」

カインの父、前竜王は本気で寝ると数十年は起きない。

魔力の高い者に無理やりにでも起こされない限り、けっして目を覚まさないのだ。

「このさい父上は不参加でも構わない！　儀式として必要なのは、花嫁の《追想の儀》のみ。母上さえいれば事足りる。母上だけでも捜し出せ！」

しかしその命令に、ゼルギスは首を横に振った。

「義姉上《あねうえ》はご自分の用事ですら、兄上の首根っこを引きずって連れていく方ですよ。兄上と義姉上を切り離して考えるのは得策ではありません。……歴代の花嫁の中でも稀《まれ》にみるあの気の強さは、虎族の血筋ですかね」

しみじみと言うゼルギスに、カインは頭を抱えた。母親の性格を思い出すと、暗澹《あんたん》たる気持ちに陥る。婚儀のためには帰ってきてほしいが、そうでなければあまり帰ってきてほしくない――というのが正直な気持ちだった。

「……父上も相当だが、母上のあの自分本意な性格もどうにかならないのか」

「その点に関しましては貴方《あなた》も同様かと。最近、ミレーユ様のお部屋に入り浸りすぎです」

ここぞとばかりに釘《くぎ》を刺される。母親の話から、思わぬところに話が飛んでしまった。

「本来婚儀までは花嫁との接近は禁止だというのに、好き勝手ミレーユ様とお会いになられて……。当初の約束をなかったことにしていませんか？」

「竜約の力に屈しなければ灰にならないんだ。もはや禁止する必要性を感じない」

幼いとき出会った少女、ミレーユに一目惚《ひとめぼ》れしたカインは、《竜約》という竜族特有の婚約を交わした。

初代竜王が生み出した古代魔術の一つである竜約は、成立すれば花婿には右手の甲に。花嫁には胸元に《竜印》と呼ばれる印が刻まれる。

竜印は花嫁に対し外的攻撃をなそうとする者、欲をもって手を出そうとする者から花嫁を守る最強の盾となる。

しかし、これは竜約を交わしたカインにも有効で、婚儀前にほんの少しでも欲をもって触れようとすれば、たちまち竜約が発動し、竜王ですら炭と化してしまう力があった。

本来なら、カインも婚儀前のミレーユには指一本触れられない。

そのために設けられた接近禁止、接触禁止だったが、恐るべき下心なのか、はたまた才能か。けっして越えることができないといわれる初代竜王の施した竜約の力を超越し、カインは回復特化することで、これをしのいでいた。

「確かにカイン様の魔力は驚嘆に値しますが、その力がどこまで通用するかは不確定。危ない橋を渡らせないことも、宰相たる私の責務です」

「危ない橋だろうがなんだろうが、ミレーユに触れることの方が最優先だ！」

憮然《ぶぜん》とした抗弁を吐くカインに、ゼルギスはこれ見よがしにため息をついた。

「少しは懲りてください。昨日も竜印から攻撃を受けられていたでしょう」

「あれはミレーユがよろけそうになったのを助けようとしただけだぞ。竜印はもっと空気を読むべきだ」

「貴方の欲が全開だったのでしょう。自重してください」

サラリと窘《たしな》められ、カインは納得がいかぬ顔で口を曲げた。

そんな若き王の態度に、思わず本音が零《こぼ》れる。

「接近禁止、接触禁止がないも同然なら、この際、婚儀が一年延びたところで支障ないのでは？」

とんでもないことを言い出され、カインは声を荒らげて反論した。

「支障ないわけあるか！　ミレーユに気づかれぬように触れるのに、どれだけ私が苦労していると思っているんだ！」

回復特化で傷を癒しているとはいえ、竜印がカインに対して攻撃していることをミレーユに知られれば、彼女は必ず自分と距離を取ろうとするだろう。

そうならぬよう、しかしささやかな接触は甘受したいカインは、必死にこの事実をミレーユに隠していた。

「とにかくっ。数カ月待つだけでも長いというのに、これ以上婚儀が延びようものなら、私は竜印の制止すら振り切る自信がある！」

そうなった場合、果たして初代竜王の古代魔術が彼を灰とするのか。

それとも、カインの魔力がそれを上回るのか。

「関心がないと言えば嘘《うそ》になりますが、そんな運を天に任せるような真似《まね》を貴方にさせるわけにはいきません」

諫言《かんげん》を口にしつつ、ゼルギスはおもむろに世界地図を広げた。

「手の空いている竜兵は、すべて捜索隊に回し。現在、東西南北の全域に配備しております。各諸国にも見つけ次第報告するよう通達済みです」

ゼルギスとて本気で一年延期を検討しているわけではない。打つ手はすべて打っていた。

「とはいえ、相手は兄上ですから」

いまできる最善策を口にしながらも、その表情は暗い。いくら投入したところで、竜兵では埒《らち》が明かないのが実情だった。

普段の前竜王は、彼の周りだけ時が止まっているのかと思うほど緩慢だが、逃げ出すことに関しては竜王の力を遺憾なく発揮し、異様に俊敏。本気をだした前竜王に追いつける竜兵は皆無だ。

「…………こうなったら、私が捜しに行く方が早いな」

カインは苦肉の策を呟《つぶや》く。

ミレーユの傍《そば》から片時も離れたくないのが本音だが、そうも言っていられない。

このまま婚儀延期となる方が問題は大きい。

すぐにでも飛び出さんばかりのカインに、ゼルギスが告げる。

「ならば、私が参りましょう」

「……お前が？」

「カイン様が不在となれば、ミレーユ様も不審に思われます。婚儀を前に、以前のようなすれ違いが起こっては元も子もありません」

カインたち竜族は、自国のルールに従った結果、ここに至るまで数多くの不都合を起こしていた。

これ以上、面倒事に繋《つな》がることは避けたい。

「なにより、兄上を捜すことに関して私ほど適任はおりません。年季が違いますから」

幼いときから幾度となく失踪する兄を捜す役目は、弟である彼の仕事だった。

ゼルギスは命令への完遂を約束するように一礼すると、すぐにでも発《た》とうと身を翻した。

しかしある重要事項を思い出したカインが、素早く声で制する。

「待ってくれ、発つ前に一つ相談がある！」

「なにか火急の案件でも？」

立ち止まり、首を傾《かし》げるゼルギスに、カインは真顔で続けた。

「あぁ、火急かつ重大案件だ。――――ミレーユの、私への好感度を爆上げする策を講じてほしい」

「………はい？」

なにを言うかと思えば。

ゼルギスは思わず呆《あき》れた視線をカインに注ぐが、当人は至って真剣だった。

「エミリアの件をずっとうやむやにしているせいか、会うたびにそれとなく聞かれるんだ。これまでは適当な言葉ではぐらかしていたが、――そろそろ限界がきた」

ミレーユの妹、エミリアは豊作を祈る祭り『祈年祭』で、国賓を出迎える役だったミレーユを邪魔に思い、猛毒であるドクウツギが練り込まれた菓子を食べさせていた。

エミリアは猛毒だと知らず、軽く体調を崩す程度だと思っていたようだが、竜印に守られていなければ致死量の毒だ。到底許せるものではなく、カインはエミリアを含むグリレス国に対し、当然の要求――という名の脅嚇を行った。

それは、この事実をミレーユにはけっして漏らさないこと。

だというのに、

「このままでは、私が話してしまいそうだ！」

「しっかりしてください。毒を盛られた事実を知れば、苦しむのはミレーユ様ご自身ですよ」

妹に殺されそうになったなど、彼女には耐えられない事実だろう。

「それは分かっている。だが……」

ミレーユも母国の非を理解しているせいか、無理に問いただすことはしない。

ただ静かに、小さな肩をひっそりと落としているだけで――――。

「ミレーユに沈んだ顔をされるのは胸が痛い！」

「お気持ちはわかりますが、その後の間諜《かんちょう》からの報告でも、エミリア様はこちらの命に反し、嫁ぎ先にも戻らず部屋に引きこもっているとか」

「あの娘は……、変な根性はあるんだな」

カインは呆れ半分で言った。

あれだけ脅せば、唯我独尊の虎族ですら逆らわないというのに。

部屋に引きこもれば、どうにかなるとでも本気で思っているのだろうか。

「現状は芳《かんば》しくありませんね。ミレーユ様がこちらにいらしてから、日に日に使用人の数も減っているようですし」

もともと虫食いだらけだったグリレス国の均衡は、ミレーユを失ったことで一気に崩壊への道を辿《たど》っていた。

「そんな状況をミレーユに知られたら、国に帰ると言われそうだな……」

「しかしご帰郷されたとして、問題が一掃されるとは思えません。王があれですからね」

グリレス王の矮小《わいしょう》さを思い出し、カインはため息を吐《つ》く。

「下手にこちらがテコ入れをすれば、ミレーユ様にすべてを知られる可能性もあります。なんらかの打開策があるなら別ですが。いま真実をお伝えしたところで、ご心労に繋がるだけかと」

「真実を話すことが得策ではないことは分かっている。だからこそ、ミレーユの私への好感度を上げたいんだ！」

「つまり、事の概要を話せない代わりに、ミレーユ様の喜ぶもので穴埋めしたいと。――――ご自分の力と知恵でどうにかされてください」

「それが難しいから相談しているんだろう！」

必死な声で詰められ、ゼルギスは「はぁ？」と雑な返答をする。

どうやら何か妙案を出さなければ、発つことすら叶《かな》わぬらしい。

ゼルギスは呆れながらも、考えるそぶりで視線を上にあげると、普段はあまり意識しない天井画が目に入った。

白を背景に、雪の結晶を模《かたど》るステンドグラスが、陽光に照らされキラキラと輝く。

これは、数代前の竜王が花嫁の希望で特注したものだった。

それはここだけではない。王宮には、その時代の花嫁が所望した部屋がいくつも存在している。

ある花嫁は、滝のある庭園のような部屋を。

ある花嫁は、美しい宝石で装飾された部屋を。

ある花嫁は、夜空を美しく見ることのできる全面ガラス張りの部屋を。

どれほど難しいと思われるものでも、すべて可能としてきた。

それが竜王から花嫁への愛情の証《あかし》であり、贈り物でもあったからだ。

「そうですね。とりあえずご機嫌伺いということで、なにかミレーユ様のお好きなものでもプレゼントしてみてはいかがですか？」

与えられた部屋ですら恐縮しているという彼女の性格上、大規模な部屋の改築はあまり望みそうにはないが、別の形で気持ちを表すことはできる。

しかしゼルギスの提案に、カインは難色を示した。

「好きなものと言われても、そもそもミレーユには物欲というものがないんだ」

カインとて何度も訊《たず》ねているが、返ってくる答えはいつも一緒だった。

『もう十分すぎるほどいただいておりますので、これ以上は心苦しいです』

困ったように眉尻を下げられれば、それ以上は強くは訊《き》けない。

「では、ミレーユ様が拒めないほどお好きなものをご用意ください。――それでは行って参りますので」

ゼルギスはおざなりに告げると、さっさと執務室を出て行った。

残されたカインは、一人頭を悩ませる。

「ミレーユが拒めぬほど好きなもの？　そんなものがあれば、すぐに用意して………あ」

花嫁衣装の行方

「どうぞミレーユ様、こちらはうちの一族からでございます」

国庫統括長である鳥綱族《ちょうこうぞく》のドリス・イーナから、一本の反物を渡されたミレーユは、思わず
「まぁ！」と感嘆の声を漏らした。

「とても素敵な布地ですね。刺繡《ししゅう》の柄も初めて見る文様です」

鶴を祖先とする彼女の一族が織ったというそれは、美しい純白に銀糸と白糸で刺繡が施されたもの。素材は上質な絹だろうことが、肌触りのよさですぐに分かった。

「この銀糸で縁取りされた大きなお花は、なんという名前なのでしょう？」

グリレス国の第一王女として生を受けたミレーユだが、その祖先はネズミ。

下位種族ゆえに国力は弱く、財政は常に赤字状態。

母国では金策のために毎日のように針仕事を行っていたミレーユにとって、他種族が織った美しい反物は大変興味深い品だった。

「こちらの花は牡丹《ぼたん》と言われるもので、うちの一族に昔から伝わる吉祥文様と呼ばれる柄の一つです。他にも桜、文、有職文様《ゆうそくもんよう》など数多くありますが、これらはすべて縁起のよい柄とされています。あ、これは蝶《ちょう》ですね。夫婦円満を願っているそうです」

別の反物を取り出し説明するドリスに、ミレーユはきょとんとする。

「夫婦円満、ですか？」

「はい。これらはすべて花嫁衣装を仕立てるために織られた反物ですから」

「え？」

彼女が運んできたのは一本や二本ではない。上等な反物が、木目の美しい桐箱《きりばこ》の中にずらりと並んでいた。その箱も、少なくとも十箱はある。

初めて見る品に夢中で、よく趣旨を理解していなかったが、ドリスはこの反物を『一族から』と言った。

「つまり、これは――」

「慶祝の品ですわ。歴代の花嫁様にも、我が一族の反物を花嫁衣装に仕立て、婚礼祭で着用していただいております」

膨大な量にも驚いたが、続く言葉にはより一層驚いた。

「ドレイク国では、他種族の花嫁衣装を纏《まと》うことが許されているのですか？」

竜族の婚儀が長いことはすでに聞いている。

母国では婚儀は一日で終わるものだが、こちらは夏至の日に執り行われる婚姻の儀が終わると、その後は婚礼祭といわれるものが続き、その期間は半年にも及ぶという。

半年という長い期間、ミレーユの花嫁衣装として準備されるドレスはおよそ千枚。

そんな途方もない数を考えれば、その中の数枚が他種族の花嫁衣装だとしても、あまり問題ないということなのだろうか。

これに、ドリスが否定するように首を振った。

「許されているのは、我が一族の衣装だけですわ。これは初代花嫁様が着用した婚礼着ですから」

「――!?」

驚きに開く口元を手で覆いながら、思わず問いかける。

「それは……、初代花嫁様は、鶴の一族のご出身であられたということですか？」

「いいえ、うちの一族ではございません。初代花嫁様は、古代人です。つまり――人間です」

「初代花嫁様が、人間……？」

生物史についてはほぼ無学で育ったミレーユでも、『人間』がどういう生き物であったかは知っている。

動物の血が一滴も流れていない単一種族。それゆえに、遥《はる》か昔に絶滅したのだ。

「我らの祖先は、初代花嫁様のお国に渡来し滞留していた鶴でした。その後、人へと進化したのちも、長らくその土地に居ついたそうです。この吉祥文様も、元は初代花嫁様のお国が発祥だと、古文書には記されています」

なぜ竜族の婚儀で他種族でありながらドリスたち鶴の一族の装束を纏うことが許されているのか、やっと理解できた。

この美しい純白の反物は、動物が人へ進化する際、失われるはずだった初代花嫁の国の文明を、鶴の一族が引き継いだものなのだ。

「そんな謂《いわ》れが……」

「そうですわ！　古文書には、初代花嫁様は桜と有職文様の柄をお召しになられたと書かれておりました！」

ドリスは可愛《かわい》らしい花弁が特徴的な反物を手に取ると、柄がよく見えるように広げた。

「こちらの柄は桜という木がつける花をモチーフにしたもので、愛らしい柄がミレーユ様にピッタリかと！」

「あ、ありがとうございます……」

目をパチパチと瞬き、戸惑うミレーユの肩に生地を当て、ドリスは深く頷《うなず》く。

「うん、やはりお似合いですね。ちなみに、仕立てるとこういった感じになります」

そう言って、桐箱の中に納められていた図案を手渡される。

見ると、ドリスが着用しているものに似た形状の、豪華で裾の長い衣装が描かれていた。

仕立て方も載っており、立体的なウエディングドレスとは違い、平面構成だ。

「こちらのご衣装は、襟も直線で縫うのですね……。縫う技術がしっかりしていれば、立体的なドレスよりも煩雑さはないように見受けられますが、着用は少々複雑なのでは？」

「まぁ、よくお分かりで！」

図案を見ただけで瞬時に告げられ、ドリスは驚いた。

鬣歯族《げっしぞく》にとっては見慣れぬ衣装のはず。

それを見た目の感想ではなく、構造から先に口にされるとは思ってもいなかった。

どう聞いても服の仕立てに携わっている者の見解に、そういえばと、ドリスが思い出す。

「ルルさんから、ミレーユ様は大層手先が器用でいらっしゃるとお聞きしておりましたが。もしや、そちらの総レースのショールもご自身で？」

椅子の背板に掛けていた藍色のショールに目をとめたドリスが言う。彼女は、それが竜族が使用する文様とは異なるものだと気づいたようだ。

「あ、はい……その、こちらのご衣装は肌を出すものが多いので、私《わたくし》には少し気恥ずかしくて……」

正確にいえば、肌を出しているのではなく、胸元を出している衣装が多かった。

花嫁を守るための盾、竜印が自分の胸元を彩っていることはカインやナイルから説明を受けている。その竜印の存在を他者にも知らしめるため、あえて衣装の胸元が開いていることも。

けれど魔力の乏しさから竜印を視認することができないミレーユにとって、大きく開いた胸元はただ貧相さを晒《さら》しているようで、どうにも気恥ずかしかった。

（どんな衣装でも着こなしてしまうカイン様の横に立つと、よけいにそう思ってしまうわ）

長身に加え、人々を魅了する美顔は、華やかな衣装すら敵《かな》わない。

どこの国の王族も、式典には豪華なものを身に纏うが、彼ほど衣装に着られていない王はそうはいないだろう。

そこで、ふと気づく。

「あの、私がこちらの花嫁衣装を着させていただいた場合、カイン様にも花婿のご衣装が贈られるのでしょうか？」

「いいえ。我が一族が献上するのは花嫁様のご衣装のみですわ。婚礼祭で着用する衣装は、竜王陛下と対である必要はございませんから」

夏至の日のみに執り行われる婚礼の儀では、対となる衣装が必須であることに対し、半年に及ぶ婚礼祭は別なのだと言う。

「なにより、竜族の婚姻に花婿はあまり重視されません」

「花婿が、重視されない……」

神の種族なのに？　竜王なのに？

正直、この国に来て一番戸惑ったのがこれだ。

竜族の民にとって、竜王は畏怖と敬意が捧《ささ》げられる存在。それは間違いない。

だが、それ以上に重視されているのが花嫁だった。

女性蔑視の国で育ったミレーユからすれば、この考え方はいまだに慣れなかった。

「もちろん婚礼着は仕立てますが、多様性のある花嫁衣装と違い、刺繍の柄も紋章もほぼ代わり映えしません。婚礼の儀に用意されるご衣装も、仮式で着用されていたものに刺繍が増える程度かと」

仮式と言われ、ミレーユは記憶を遡る。

あのときは花嫁を間違っているとばかり思い込んでいたため、竜族を謀《たばか》っている意識が強く、切羽詰まっていた。

残念ながら、彼の衣装まではあまり記憶にない。覚えていることといえば、カインの膨大な魔力と美貌に圧倒され、呆然《ぼうぜん》としてしまったことくらいだ。

(カイン様のご衣装は、どなたが仕立てるのかしら?)

特別な装いであればあるだけ、指がうずく。

ほんの少しでもいいから、刺繍を手伝わせてもらえないだろうか、と。


「――――なぜ、貴女《あなた》がここにいるのです」

カインの衣装のことばかりに気を取られていると、突如地を這《は》うような声が部屋に響いた。

その辛辣さに、ミレーユはビクリと身体《からだ》を震わせ、恐る恐る振り返る。

「ナイルさん……」

やはり声の主は、この国の女官長ナイルのものだった。

怜悧《れいり》な美貌をピクリとも動かさず、寒々しいほどの無表情さで、ドリスを睨《にら》んでいる。

その後ろから顔を出すのは、同じ齧歯族の娘であり、ミレーユの侍女であるルルだ。

ルルはナイルのお怒りモードにもまったく怯《ひる》んだ様子はなく、「あ、ドリスさんだ！」と嬉《うれ》しそうにこちらへ駆け寄ってくる。

「いま、ナイルさんにお茶のいれ方を教わっていたんです。ドリスさんにもおいれしていいですか？」

無邪気にドリスに確認をとるルルを、ナイルは横から静かに制した。

「ルル様、ミレーユ様が使用中のお部屋に無断で侵入するような無礼者は、すぐに退出いたしますわ。お茶は不要です」

「あら、口うるさい方が来てしまいましたわね。せっかくミレーユ様との談笑を楽しんでいたというのに」

ナイルの嫌みにも、ドリスは飄々《ひょうひょう》としていた。

「貴女は……あれほど術の検証については、日を考えなさいと申しましたのに」

「もちろんそのつもりですわ。ですが、貴女がいたのでは未来永劫《みらいえいごう》叶《かな》わぬ気がしてきました」

二人の間に、バチバチと火花が散る。

ナイルとドリスは、けっして仲が悪いわけではない。

けれど、研究となると周りが見えなくなり、度を越してしまうドリスを、ナイルは女官長という立場から、あまりミレーユとは引き合わせたくないようだ。

以前約束した術の検証がいまだ叶っていないのも、そんなナイルの妨害が原因だった。

ドリスは憮然《ぶぜん》とした態度で口を尖《とが》らせた。

「今日は花嫁衣装の反物を、ミレーユ様に見本として献上しに参っただけです。珍しい生地がお好きだとお聞きしましたので」

「花嫁衣装……」

これに、めったなことでは表情を変えないナイルが一瞬怯んだ。

その様子に、ドリスは「おや？」と首をひねりながらも、いまが退散のチャンスと考えた。ミレーユに向き直り、すぐさま退出の挨拶を告げる。

「それではミレーユ様、失礼いたしました。あ、こちらの反物はどうぞお好きにお使いくださいませ」

「……え？　こ、こんなにいただけません！」

てっきり数ある反物は、柄を選ぶだけのものだと思っていた。

慌てて返そうとすると、ドリスは赤い唇を持ち上げてほほ笑む。

「あら、これはほんの一部ですわ。色打掛の反物は別ですし。仕立てたものをいれれば、婚儀前にはこの部屋を埋め尽くすほど届きます」

「この部屋を……埋め尽くす？」

ミレーユは思わず部屋を見渡した。

歓談用に使用されるという《光華の間》は、暖色系でまとまった華やかな部屋だが、その面積は子供が数十人走る回れるほど広い。この部屋を埋め尽くすとなると、かなりの量だ。

「他の種族からも同量が届くかと。この程度、お気になされるようなものではございませんわ」

そう言って涼しげな顔で部屋を後にするドリスの姿を、ミレーユは啞然《あぜん》として見送った。

(他の種族からも、同量？)

スケールの大きさに胃が軋《きし》む。

確かに妹であるエミリアが隣国の王子と結婚した際も、数多くの祝いの品を受け取っていたが、それでも部屋を埋め尽くすほどの量などではなかった。

(偽の花嫁の一件が解決すれば、もう胃が痛むこともないと思っていたのに……。とんでもない間違いだったわ)

ただでさえ虹石《こうせき》を使用した千枚という、ありえない花嫁衣装の数に恐れおののいているというのに。

しかし、そんな苦悩を抱え込んでいるミレーユよりも、切実に困っていたのがナイルだった。

テーブルに広げられた反物を見つめ、なにやらブツブツと呟《つぶや》いている。

「ドリスの一族なら……、いえ、あの一族にはもう手一杯の量を依頼してあるわ」

「ナ、ナイルさん？」

完全に目が据わっている。

普段、なにごとにも冷静なナイルが、ここまで追い込まれるに至った原因は、ひとえにミレーユにあった。

カインがミレーユとの婚姻を早急に指示したときから、その準備は粛々と進められた。何十社という商会を呼び寄せ、ドレス生地の買い付け、衣装に縫い付ける宝石の研磨、大量のドレスを仕立てるに足る優秀な針子の手配。

それらは完璧だった――――はずが、落とし穴は予想外なところにあった。

「あの……、私もお手伝いさせていただきますので、そのように思い詰めないでください」

千着のドレス。その五分の一にあたる依頼を一手に引き受けるはずの針子が、よりにもよって名を隠し、母国で針仕事を行っていたミレーユ自身だったのだ。

商会からは、正式な依頼を受ける前にドレイク王国を訪れてしまったため、ミレーユも針子の名簿を見たときは驚いた。

「いいえ！　竜王の花嫁となられる方に、そのような真似《まね》はさせられません！」

この件に関して、ナイルは頑《かたく》なだった。

竜族にとって、竜王の花嫁はなにより尊ばれる存在。

なんでも、花嫁のいない竜王は邪竜となり、世界に害を与えかねないのだという。

つまり花嫁は世界を救っているのも同義。大量の手仕事をさせるなど言語道断らしい。

ならばと、ミレーユは言い方を変える。

「では、せめて私に依頼されるはずだったという受注書だけでもお見せいただけないでしょうか？　母国にも腕の立つ針子はおりますし、物によっては商会長さんとお話しして、そちらに受注をお願いすることもできるかと」

こちらも必死だった。

このままでは、ミレーユが依頼を快諾する見込みで仕事を引き受けてくれたライナス商会にまで迷惑が掛かってしまう。

（それだけは避けたいわ。昔からいろいろと便宜を図っていただいた方ですし）

懇願を含んだ提案が効いたのか、ナイルはすぐにでもライナス商会の会長を登城させるよう、手配してくれると言ってくれた。


「こんな細かい刺繍、うちの国じゃ姫さま以外無理ですよ」

自室に戻り、ナイルから預かった受注書を確認していると、横から覗《のぞ》いていたルルがキッパリと言った。

「え？　そう？　とても繊細で華やかな意匠だけど、無心でしたらすぐにできないかしら？」

本心ゆえの言葉だったが、反してルルの目は半眼だ。どうやら呆《あき》れているらしい。

「うちの国で姫さまの次に仕事が早いのはサーシャですけど、サーシャでも期間内には三分の一も終わらないと思いますよ。ルルでもそれくらいの計算はできますからね！」

ポジティブ思考のルルに断言され、言葉を失う。

「難しい……かしら？」

受注書には、レースを編むのに必要な最高級の絹糸、刺繍に必要な布地や色糸、道具もすべて新品が与えられると記載されている。しかも事前に前金まで払われるのだ！

こんな素敵な依頼を国で聞いていたら、喜び勇んでいたはずだ。

そんなミレーユを理解しているからこそ、ライナス商会も仕事を引き受けたのだろう。

「となると、やはり私が仕上げるべきよね」

婚儀までの間、ミレーユに定められたスケジュールは主に二つ。

採寸や婚儀の打ち合わせ。そして個人的に頼んだ勉学の授業だ。

（正直、時間はあり余っているし……）

勉学に時間を費やすにしても、教鞭《きょうべん》を執ってくれることとなった医竜官ローラはおっとりとした性格ゆえか、教えはゆっくりだった。

『まぁまぁ、若き花嫁。時間はたっぷりありますわ。そう焦らずともよろしいではないですか』

彼女の幅広い知識を聴くのはとてもすばらしいが、勉強というよりは談笑に近い。

亡き母は、暗記と理解を同時に頭に叩《たた》きこませる人だったため、よけいにそう感じてしまうのかもしれない。

ローラが家庭教師として決まる前に、ナイルにもお願いしてみたのだが、こちらには早々に断られてしまった。

『確かにわたくしは以前、カイン様たちの家庭教師として教鞭を執っておりました。ですが、いまになって己の力不足を痛感しております。そんなわたくしでは、とてもミレーユ様のお力にはなれないかと……』

なにやら遠くを見つめるナイルの表情は疲れ切っていた。

優秀な彼女の自信を喪失させるような何かがあったのだろうか。

竜族の男たちの並外れた嫉妬心や、忍耐のなさを日々実感しているナイルの心情などあずかり知らないミレーユは、首を傾《かし》げながらも、それ以上は口を閉ざした。

その後知ったことだが、そもそもナイルがカインたちに教えていたのは帝王学や、攻撃魔術が主。内容も、どれだけ攻撃の威力を抑えられるかに重点が置かれたものだった。

つまり、ナイルが教授していたのは魔力の制御であり、竜族の有り余る力の暴走を食い止めるもの。魔力総量が低く、誰かを攻撃できるような術を持たぬミレーユにはまったく必要のない知識だ。

(カイン様に己を磨くと宣言したからには、努力を惜しまないつもりだったけれど……)

なんだか一人意気込みすぎて、から回りしているような気がする。

そもそも己を磨くとは、具体的に何に重点を置き、どう行動すればいいのか。

（いままでも、できることはすべてやってこれだもの……。もっと国にいたときとは違う方法でないとダメよね）

国で学んできたことを思い起こし、さてどうしたものかと考えを巡らす。

しかし、母国での日々を思い出すと、どうしても頭の中に妹のことが浮かび、思考を搦《から》めとられてしまう。

（……エミリア、無事に嫁ぎ先に帰れたかしら）

カインからは、万事解決したと説明を受けたが、具体的な内容や、母国の対応がどういったものだったのかは知らされていない。疑っているわけではないが、彼の優しさが真実を隠しているように思え、どうしても気にかかる。

なにより、カインの言葉をすべて鵜《う》呑《の》みにできるほど、ミレーユは母国やエミリアが嫁いだスネーク国のことに疎くはない。

とくに年を重ねるごとに辛辣な態度で無理難題を突き通そうとする父と、思い込みが激しいスネーク国の王子には何度手を焼いたことか。

その二人に愛され、聖女として大切に育てられたエミリア。

自分よりもよほど優遇された生活を送ってきた妹はそれゆえか、弱肉強食の名残である、魔力総量の高い者への敬意すら理解せず成長していた。

こちらに訪れたさい、ナイルにとった無作法な態度を考えれば、嫁ぎ先であるスネーク国での振る舞いも心配でならない。

（私がもっとお母様の代わりとなって、教えるべきだったのに……）

『――――たいした能力もないお前が、エミリアを守ろうとしたところで共倒れするだけだ』

ふいに耳によみがえった声に、きゅっと唇を噛《か》む。

（そうだったわ……。それができない器量だったから、あんな忠告を受けたんだったわ……）

とたんに沈むミレーユの様子に、ルルが心配そうに顔を覗き込む。

「姫さま、どうされたんですか？」

「あ……なんでもないの。時間が余っているせいかしら、ついいろいろと考えすぎてしまうみたい。やることがないって贅沢《ぜいたく》だけれど、あまり私の性には合っていないみたいね」

誤魔化すように笑うと、ルルに気取られる前に花嫁衣装の件に話を戻した。

「やっぱり、どうにかしてお仕事を引き受けられないかしら」

ナイルは仕事量を心配しているようだが、受注書の内容なら、現在の手持ち無沙汰の状況を考えても充分期限内に製作可能だ。

「ライナス商会の会長さんがいらっしゃる前に、私がお手伝いさせていただけるよう、何か策を考えないといけないわね」

「そんなの考えなくても簡単ですよ！」

「え、本当？」

難題を承知で呟いた言葉に、意外にもルルはさらりと返してきた。

「どんな方法かしら？」

ミレーユが嬉々《きき》としてその方法を訊《たず》ねる。

「竜王さまにお願いすればいいんです！」

「カイン様に？」

「姫さまが上目遣いでお願いしたら、きっと叶えてくださると思いますよ。女の子の上目遣いは最強だって、給仕係のメリーが言ってましたもん！」

母国でミレーユの給仕係だったメリーは、ルルと同じ年の少女だ。

結婚適齢期の彼女は、その愛らしい仕草で無事婚約者を獲得していた。

「メリーの上目遣いは最強かもしれないけれど、私では力不足よ。それに、カイン様のお手を煩わせるようなことは控えたいわ」

「でも、女の子はわがままなくらいが可愛いって、馬番のジョンが言ってましたよ！」

「そ、そう、ジョンが……」

ルルの教育上にはあまりよろしくない教えを施した母国の者たちに、ミレーユは苦笑いを零《こぼ》した。

竜とネズミと猫と

次の日は、医竜官ローラによる授業の日だった。

まだ右手で数えるほどしか受けてはいないが、ミレーユにとっては待ち望んだ見聞を広げられる時間だ。

母国やエミリアのことは気がかりだが、嫁ぐ以上はカインとの約束も疎かにはできない。

（教えていただけることは一つでも多く吸収しないと）

ナイルに案内されたのは、《知識の間》と言われる部屋。

数代前の花嫁が勉学に集中できるようにと設《しつら》えられた広い室内は、漆喰《しっくい》仕上げの天井画や大理石の床、羽目板すらすべて青で統一されていた。

以前ローラの診察を受けた《静寂の間》も青を基調としていたが、こちらは部分的ではなく、一面が青で埋め尽くされている。

濃い青や、薄い青、少し黒が混ざったようなさまざまな青が使われ、テーブルですら紫を含んだ青。縁や脚の部分には丁寧な草木の彫りが施されていた。

「世の中には、これほど多くの青色が存在しているのですね」

「青色は体温や血圧・脈拍を下げる効果があります。落ち着きを与え、冷静になれる色ですよ」

透き通るような空色の天井を見上げながらミレーユが呟《つぶや》くと、さきに入室していたローラが穏やかなほほ笑みを湛《たた》えながら言った。

優しい声音で話す彼女は、竜族の医師だ。

まさか医師に勉学を教わるなど思ってもみなかったが、ローラ本人が所望してくれたとか。

（最初の授業で、酷寒の大地に再度誘われたときは驚いたけれど……）

細面に手をあて、そのときのことを思い出す。

『若き花嫁、それではいつ酷寒の大地に参りましょうか？』

以前も誘われたとはいえ、あのときは冗談か社交辞令くらいのものだと思っていた。まさか、本気だったとは。

《酷寒の大地》は、ミレーユの母国から馬で数週間ほどの場所に位置する、雪が生命のすべてを奪う永久凍土の地だ。

ローラの口ぶりは、まるで近場の散歩に誘うかのようだったが、普通の生き物なら死出の旅。

もちろんミレーユが足を踏み入れたことなど一度たりともない。

（酷寒の大地すら、ローラ様にとっては小旅行感覚なのね）

すぐにナイルが『貴女《あなた》お一人でどうぞ』と話を断ち切り終わらせてくれたが、竜族の類いまれな生命力の強さに、下位種族のミレーユは圧倒されるしかなかった。

「ではローラ、授業は脱線せぬよう務めてください。もちろん課外授業などと偽って、ミレーユ様を王宮外にお連れすることも許しません」

「あらあら。赤の坊やは、前回の授業で城下に降りようとしたことをまだ怒っているのかしら？」

先日の授業中、突如ローラから街に買い物に行こうと誘われた。とくに前後にそういったやり取りがあったわけでも、行かねばならぬ理由が授業内容にあったわけでもない。

ドレイク国を訪れてしばらく経《た》つが、いまだ一度も街への外出は許されていない身であったが、あまりに自然に促され、いいのだろうかと思いつつ歩みを進めた先、カインと遭遇した。

不思議そうな顔でどこに行くのだと尋ねられ、課外授業だと告げると。

『誰がミレーユを外に連れ出していいと言った！　私だってまだ陽炎《かげろう》の森にしか一緒に行けていないんだぞ！』

常に穏やかに接してくれるカインが、一瞬で憤怒の形相となった。彼の怒りの方向性はよく分からなかったが……。

「勝手にミレーユ様を連れ出さぬよう、授業中も貴女を監視しろとの仰せです」

「あらまぁ。では残念ですが、若き花嫁とのお出かけはまたにしましょう」

「……わたくしが言ったことを、貴女は一つも理解されていませんね」

まったく懲りていないローラに、ナイルは苦虫を噛《か》み潰したように眉を顰《ひそ》める。

二人のやり取りがナイルの諦めで落ち着いたころ、ルルがミレーユの手をくいくいと引っ張った。

「姫さま、ルルお邪魔だと思うので、お外で待っていますね」

母国でもミレーユが家庭教師に教授を受けるさいは外で待機していた。

今回も当然のように退出しようとするルルだったが、ローラが穏やかに止めた。

「せっかくですもの、可愛《かわい》らしい侍女殿も一緒に学ばれてはどうかしら」

「えっ、よろしいのですか？」

ミレーユが驚いて確認すれば、ローラは「もちろんですわ」とほほ笑む。

（ルルと一緒に授業を受けられるなんて初めてだわ！）

どれだけミレーユにとってルルが大切な存在であっても、母国では侍女としか扱われないが、ドレイク国ではミレーユの意に沿って、ルルのことも大切に扱ってくれる。

「よかったわね、ルル。一緒にお勉強できるわ！」

「………………ルル、オベンキョウ、イイデス、ヒツヨウ、ナイデス」

突如、ルルが片言になった。表情も見たこともないくらい硬直しており、壊れたブリキのおもちゃのようにギシギシと首を振る。

「ローラ様のお話はとても興味深いものばかりよ。ルルもきっとお勉強になるわ」

「ルル、難しいお話をされたらすぐに寝ちゃいます！　寝ちゃいますから！」

無理無理と、完全拒否の構えだった。

そんなルルに、ローラは朗らかに笑った。

彼女曰《いわ》く、居眠りは黒の坊やで慣れているから大丈夫だ、と。

すぅすぅと小さな寝息が聞こえてくる。

授業開始後、本当に寝入ってしまったルルに、ミレーユはローラに頭を下げて謝罪した。

「も、申し訳ございません！　ルル、起きて！」

「あら、構いませんわ。それにペンを握りしめたまま寝てしまうなんて、黒の坊やと違ってやる気に満ちているわ」

突っ伏しているルルの手には、確かにペンが握られていたが、

（ペンを握りしめることが、やる気と捉えていいのかしら？）

正直あまり理解はできなかった。

「でも、この体勢だと少し寝苦しそうね」

「わたくしが長椅子にお運びしましょう」

そう言うと、ナイルはルルを起こさぬよう抱え、長椅子へと運ぶ。

その重力を感じさせない軽々とした動作にミレーユは驚き、ローラに尋ねた。

「一般種族と竜族の皆様とでは、やはり身体《からだ》の構造が違うものなのでしょうか？」

「そうですねぇ。進化前から竜は頑丈で大きく、力任せの生き物でしたから。人へと進化し、見た目はさほど変わらぬようになりましたが、内部構造にはやはり違いがありますね」

ローラが続けて言う。

「竜族は数千年の時を得ても、見た目以外では進化前とあまり変わらぬ点が多いです。決定的に違う点は《陽力》《陰力》ですが――」

「!!」

陽力という単語に、ミレーユは椅子から腰を浮かせた。

幼いとき、ヴルムも言っていた言葉。

自分にはその陽力というものがあるらしいが、いまだ何なのかよく分かっていなかった。

「あら、ご興味が?」

「はい!」

力強く返事をすれば、ローラが穏やかに笑う。

「陽力、陰力を簡単にお伝えすれば、魔力と同じ、体内を流れる生体電流の一種です。古代竜は魔力ではなく、陰力を使うことで魔術を駆使していたと言われています」

「いまの魔力に変わるものが、陽力、陰力だったということでしょうか?」

「ええ。動物が人へと進化する前、この力を行使できていたのは、人間と竜のみ。人間は陽力を、竜は陰力を魔力の代わりにしていたそうです。とくに人間は個体数が竜とは比べ物にならぬほど多かったそうで、生き物の頂点に君臨していたと聞きます」

「人間……」

昨日のドリスの話に引き続き、また人間。

いまや生物史の進化論の冒頭でしか紹介されないであろう絶滅種。

（人間と聞くと、なんだか胸に引っかかるわ……。懐かしさのようなこの感傷は、古代ロマンというものを感じているのかしら？）

胸に手をあて、首をひねる。

そんなミレーユの釈然としない気持ちをよそに、ローラの説明は進んでいく。

「人間で有らせられた初代花嫁様は、陽力のお力がとても高い方だったそうです。現在において、陽力、陰力は一部の高位種族だけがこれを放つことができますが、竜族が陽力の高い者を好むのは、初代竜王陛下の影響かもしれませんね」

「もとは人間が持ち合わせていた力を、私のような他の種族が引き継いでいるのはなぜなのでしょう？」

「それは人間と、進化した種族が番《つが》ったからでしょう。つまり、隔世遺伝ですね」

「え……」

（人間は単一種族だったから絶滅したのではないのかしら？　でも、確かに初代花嫁様も初代竜王陛下に嫁がれていらっしゃるし、頑《かたく》なに単一種族であろうとしたわけではないわよね。それなら栄華を誇っていた人間が、なぜ絶滅するに至ったのかしら……）

次々と浮かぶ疑問を、ミレーユは問わずにはいられなかった。

「初代花嫁様のように、別の種族との間に子孫を残した者が少なからずいるのであれば、人間が完全に絶滅したと考えるのは誤りなのではないでしょうか？」

「いいえ、絶滅したという表現は適切でしょう。初代竜王陛下は人間を忌み嫌い、根絶やしにしたと言い伝えられていますから」

根絶やしという言葉の強烈さに、息を呑《の》む。

「……では、初代竜王陛下は人間の存在をお許しにならず。血脈が受け継がれようとも、歴史からは絶滅種として扱われているということでしょうか？」

「はい。その代わりに、多くの動物たちを人へと進化させたと言われています。もっとも、信憑《しんぴょう》性《せい》に欠ける話ですよ。この辺りはどうやら初代花嫁様に関わるようで、めっきり文献が少ないものですから」

話を聴いたミレーユは、しばし沈黙した。

自分の知らない歴史は思っていた以上に不透明で、想《おも》い馳《は》せるにはあまりに壮大だった。

後ろに控えていたナイルがミレーユの沈黙を心配し、肩に手を伸ばす。

「初代花嫁様に関わる記述はすべて嘘《うそ》か誠か分からぬものばかりです。あまり気になさらずに」

「真実が残されているという《約束の間》が開けば、なにか分かるかもしれませんね」

「ローラ、よけいなことを言わないで。開国以来一度も開いたことがない扉ですよ。貴女はすぐに話を脱線させるのですから」

陽力と陰力の説明はどうしたと詰めるも、ローラはどこ吹く風だ。

「あらあら、探求心は常に持つものです。それを忘れては、あとは老いて朽ちるだけ」

ローラは艶《あで》やかに瞳を細めると、人差し指を唇に当て、優雅に口の端を上げた。

老若男女を虜《とりこ》にするような笑みだったが、ナイルには通用せず、額には青筋が浮かんでいる。

「貴女といい、ドリスといい……！」

一層刺々《とげとげ》しくなったナイルの声を無視し、ローラは何事もなかったようにミレーユに向き直る。

「陽力と陰力の続きですが、いわばこれは昔の名残です。魔力のように自ら放出し、魔術に繋《つな》げることはできません。ですが、これを無意識に身体の中で魔力と混じり合わせ、《魅了》として放散する者もおります。竜族の中でもほんの一部、竜王の血族のみが持つ力です」

「それは……、それほどに多くの魔力を要するということでしょうか？」

「はい。そもそも陽力にしても陰力にしても、それなりの魔力がなければまず感じ取ることすらかないません。そして陽力、陰力の高さは本来、魔力と比例するものです」

「魔力と比例するもの……」

思い返せば、確かにローラは初対面のときにも同じことを言っていた気がする。

『魔力と陽力は比例するものだというのに、これほど陽力に傾いている方も珍しいわ』――と。

「あの、私は陽力が多いとお聞きしましたが、魔力はとても低いです。比例しない場合もあるのでしょうか？」

己と照らし合わせ問えば、ローラは興味深げに目を細めた。

「わたくしも長く生きておりますが、若き花嫁のような方にお会いするのは初めてですね。魔力はとても低いというのに、陽力は赤の坊やの魔力並みに高い。ですが、これは竜王の花嫁としては最高の資性ですわ。魔力を分け合うときに、低い方がたくさん受け取れますから」

「魔力を、……受け取る」

そこで思い出す。竜族の婚儀はお互いの魔力を一つにして二つに分け合うのだと、幼少期のカインこと、ヴルムが言っていたことを。

（あの時はおとぎ話のようで胸がときめいたけれど、私の魔力は本当に低いわ）

ミレーユは顔色を曇らせた。

「それは本当に良いことなのでしょうか？　私がたくさん受け取ってしまえば、カイン様の魔力が減るということですよね？」

「アイツの魔力が半分減ったところで、なんの支障もないですよ。できれば九割がた持っていってほしいくらいだ」

答えたのはローラではなく、もっと猛々《たけだけ》しい声。勝手知ったる顔で入ってきたクラウスだった。

悠々とした足取りで現れた彼に、ミレーユはすぐに席を立ち礼をとった。

クラウスがカインの従兄弟《いとこ》であり、虎族次期王位継承者ということを抜きにしても、齧歯族《げっしぞく》とは比べようもない魔力の高さを持つ彼に敬意を表するのは、下位種族のミレーユにとっては当然のことだ。

しかし、礼をするミレーユを隠すように、ナイルが前に立つ。

「これはクラウス様。本日はどういったご用向きで？　貴方様《あなたさま》は、婚儀の日まで立入禁止だったはずですが」

「なんだ、まだミレーユ嬢に事実を黙っていたことを許してないのか。しつこいな」

そう言って面倒だとばかりに頭を掻《か》くと、空いていた長椅子にどっかりと腰を下ろした。

「当然でしょう。お二人のすれ違いに気づきながらも放置し、愉快犯のようにそれを楽しんでいたのですから」

「世界の常識も知らず、ミレーユ嬢に心労を与えていたのはそっちだろう」

反省の色など皆無。その態度に、更なるナイルの説教が飛ぶかと思った矢先、今度はなにも知らぬカインが嬉々《きき》として部屋にやってきた。

「ミレーユ、贈り物を持ってきた！」

「か、カイン様……」

突然の婚約者の登場に、ミレーユの鼓動が一気に高まる。

以前と比べ、緊張することなく話せるようになったとはいえ、彼の整いすぎた容姿と優雅なほほ笑みを不意打ちで食らってしまうと威力が大きい。

衣装を香でたきしめているのか、近づくと爽やかで落ち着いた香りが鼻腔《びこう》をくすぐった。

（女性は皆、婚約者を前にするとこんな風に動揺してしまうものなのかしら？）

笑顔を直視すると声が裏返りそうで、ミレーユはあまりカインを見ぬよう、視線を下げたままそれを受け取った。

（……あら？）

てっきり毎日彼が採ってきてくれるチュシャの実だと思って伸ばした手。

しかし、両手に置かれたそれは、ふわふわとして温《ぬく》かった。

思わず下げていた視線をあげ、自分の手にあるものを確認する。

――それは、長毛灰白色の子猫だった。

「……ね、こ……」

ミレーユが呟く。

これに顔色を真っ青に変えたのは、長椅子を陣取っていたクラウスだ。

飛び上がらんばかりに立ち上がると、カインに向けて吠《ほ》えた。

「お前ッ、バカなのか!?」

「クラウス……」

叱責する従兄弟の存在に気づいたカインは、ミレーユに接する態度とは打って変わって、冷徹な瞳で睨《にら》む。

「なぜいるんだ？　城内立入禁止にしたはずだが」

「いま問題にするべきはそこじゃねぇ！　貂歯族の花嫁に、ふつう猫は連れてこねーだろう！」

猫は数少ない、進化せず古来の姿を保ったままの生きた化石といわれている。

しかしどれだけ小さく愛くるしい姿でも、猫は猫。大昔の貂歯族の天敵だ。

花嫁に対する嫌がらせ以外の何物でもないだろうと喚《わめ》かれ、カインはムッとして言い返した。

「私だってそこまで無神経じゃない。ミレーユが好きだと言っていたから連れて来たんだ」

それは一昨日のこと。

接触禁止など知るものかとばかりに、カインはミレーユを庭園へと誘った。

談笑を交わしながら園路を歩いていると、一匹の野良猫が横切る。

カインとて、猫がネズミにとって天敵であることはすでに履修済みだ。

ネズミが祖先であるミレーユを怖がらせてはいけないと、すぐに猫から離れようとした。

だが、ミレーユは怖がるどころかキラキラとした瞳で、我が物顔で花壇を歩く猫を目で追っていた。訊《き》けば、自国には寒冷地という土地柄に加え、愛玩動物を飼うほどの余力がなかったこともあり、ほとんど猫がいないそうだ。

けれど、ミレーユはその存在を本で知ってからずっと、猫が大好きだったという。

好感度を爆上げしたいカインはこのことを思い出し、ミレーユにとってこれ以上に欲する贈りものはないと考えたのだ。

「なんて小さくて愛らしい……」

両手に乗せられた子猫に、ミレーユは頬を緩ませた。

カインの手で眠っていたのか、丸くなっていた子猫がちょこんと顔を出す。

愛らしい仕草に、身もだえしそうだ。

「本当に大丈夫なのか？」

カインのことを一切信じていないクラウスが問う。

ミレーユは緩んだ頬のまま、「はい」と強く即答した。

「齧歯族と言えど、自分たちよりもはるかに小さな生き物にまで恐れを抱くことはいたしませんわ。とても可愛らしいです！………ただ……」

そこでいったん言葉を切り、気まずそうに長椅子の上で眠りこけるルルに視線を移す。

すると、さきほど放たれたクラウスの怒声のせいで眠りから覚めたルルが、「ふわぁあ」と大きな欠伸《あくび》をした。

「私は、大好きなのですが――」

「……へ？　ふぇえええええ!?」

小猫の存在を目にとめたルルが、大音響で叫んだ。

その声は、起き抜けにとんでもない猛獣と遭遇してしまったとばかりだ。

「なんでネコがいるんですかぁああ!?」

猛獣の視線から必死で逃れるように、俊敏な動きで長椅子の背もたれに身体を隠す。

「ルル、この子はまだほんの子猫だから大丈夫よ。怖くないわ」

「小さくてもネコはネコですよ！」

それは悲鳴にも似た叫びだった。

カインが驚いて問う。

「ルルは、猫が駄目なのか？」

「はい……。幼少のころから大の猫嫌いで」

たまに近隣諸国に出向いたときに見る猫もダメ、なんなら絵本の挿絵すらダメだった。

「猫は古《いにしえ》より愛玩動物ですから、齧歯族の中でも嫌う者は少ないはずなのですが」

これほど苦手意識を持つルルは、一族の中でも珍しい方だ。

過剰に恐れるルルに、クラウスがゆったりと近づく。

「こんな小さな猫のなにが怖いんだ。ほら、オレの方が怖いだろう？」

より強い本能的な恐怖を与えれば、少しは大人しくなると思ったのだろう。

クラウスは身体を屈《かが》め、虎族独特の金色の瞳を向けた。

しかし、ルルはきょとんとした顔で、初対面の男の顔を覗《のぞ》き込む。

「どなたさまですか？」

「この方はカイン様の御《ご》親戚《しんせき》で、クラウス様とおっしゃる虎族の方よ」

「とらぞく？」

ミレーユの説明にもピンときていないのか、ルルは首を傾《かし》げて再度問う。

「とらって、何ですか？」

「この猫に似た、もっとでかい生き物だよ。って、…………なんで脅《おび》えないわけ？」

進化せずにそのままの姿を保っている猫と違い、虎族は進化を望んだ生き物だ。

結果、齧歯族にとって本能的な恐れはいまだ付きまとう。

ミレーユの妹であるエミリアにも効果覿面《こうかてきめん》だった。

だというのに、ルルはどれだけ見つめても、一切の脅えが感じられない。

これはミレーユのような、胆力で自我を保っているという話ではなかった。

完全な〝無〟だ。

驚きを隠せないクラウスに、ルルが不思議そうに言う。

「なんで脅えるんですか？　だっていまは《人》じゃないですか」

「は？」

クラウスは言葉の意味が分からず、間の抜けた声を漏らす。

「同じ人に進化したからこそ、本能的な恐れも引き継いでいるはずだろう？」

「あの、クラウス様……ルルは種族的な苦手意識というものが皆無なのです」

代わりに答えたのはミレーユだった。

ルルにとって人はすべて人。本能的な恐れなど持たない。

しかし、元始の姿をそのまま保っている猫は別だ。恐れと恨めしさに溢《あふ》れている。

「あらあら、本能が元始的なのね。面白いわ」

授業を途中で中断されても少しも意に介していないローラが、真面目な顔で考察をはじめるが、クラウスはそんなこと知ったことではない。

「――――ちょっと待て。じゃあ、オレはこんな猫ごときに負けたっていうのか!?」

齧歯族の、しかもこんな小娘にしょせん〝人〟と言われたクラウスはかなり矜持《きょうじ》が傷ついていた。

認めたくないとばかりに頭を抱え呻《うめ》くクラウスに、ルルが追い打ちをかける。

「ネコは猛獣ですけど、あなたは人です」

ルルとしては、比べるものではないと言いたかったのだろうが、クラウスにとっては屈辱以外のなにものでもなかった。当然だ。祖先まで辿《たど》れば、猛獣と恐れられていたのはクラウスたち一族の方だったのだから。

「……帰る」

よほどその言葉がこたえたのか。

クラウスは現実を受け入れがたい顔で、フラフラと部屋を出ていった。

いつも自信満々で、カインの言葉にすら従わぬ彼が、まるで亡霊のような足取りで去っていく姿に、ナイルが感嘆の声をあげた。

「虎族をたった一言で撤退させるなんて、素晴らしいですわ!」

そんな誉《ほ》め言葉《ことば》も、ルルは聞いちゃいなかった。

ミレーユの手の中で眠そうに欠伸をしている子猫に対し、威嚇するのに忙しかったのだ。

「姫さまっ、なんでそんなのだっこするんですか!? ドレスに毛がついちゃうし、獣臭がついちゃいますよ！」

子猫を剝がそうと躍起になっているルルの方が、フーフーと毛を逆立て、まるで猫のようだ。

思わずミレーユは口元に笑みを浮かべた。

「大丈夫よ、ルルもだっこする？」

「イヤです！　だいたいネコって怠けものじゃないですか！　ずっと進化もせずに同じ姿でにゃーにゃー！」

「馬もそうよ」

馬も猫と同様生きた化石。進化せず、古来のままの生き物だ。

「馬はかしこいですけど、ネコはふてぶてしいです！」

「そういう強さがあったからこそ、進化を必要としなかったのよ。とてもすごいことだと思わない？」

「すごくないです！　怠惰なだけです！」

ミレーユに対してはいつだって聞き分けのよいルルが、全力拒否の構えだった。

ある意味珍しい光景だ。

ルルの頑《かたく》なさに、ミレーユは困り顔でカインに謝罪した。

「申し訳ありません、カイン様。せっかくの贈りものですが、やはりこの子はお返しいたします」

「いや、私が悪かった。もう少しちゃんと確認するべきだった」

ミレーユが好きだと言っていたから大丈夫だと決めつけたのは迂闊《うかつ》だったと告げるカインに、ルルの顔色が変わる。

てっきりその辺の猫が紛れ込んだのだと思っていたのだ。確かによく見れば、長い毛には十分な手入れがなされており、赤い宝石を付けた首輪までつけている。

ルルとて、ミレーユの猫好きは知っていた。

しかも、今回はカインからの贈りもの……。

ルルは「うーん、うーん」と、しばし苦し気に唸《うな》ると、キッと子猫を睨みつけた。

「ルルは毛だらけのけだまとは仲良くしませんけど、姫さまと一緒にいるのは我慢してあげます！」

指をさし、吠える。どうやら子猫に宣告しているようだ。

子猫は返事をするように「にゃん」と声をあげると、ミレーユの手から飛び降りた。

小さくても足腰はしっかりしており、よどみなく歩くと、ルルの足元に近づき頭をこすりつける。

「うわぁああ！　仲良くしないって言ってるじゃないですか！　ルルに近づかないでください！」

「にゃぁー」

「なに言ってるかわかりませんよ！　そっちはルルの言っていること分かっているくせに、分かってないフリで近づくそのふてぶてしさがキライなんです！」

「うなぁーん」

「あ！　そこは姫さまの椅子ですよ！　勝手に寝ないでください！」

ギャーギャー叫ぶルルと、にゃーにゃー鳴く子猫。

「あの猫は、わたくしがお預かりいたしましょうか？」

見かねたナイルが進言する。

梃子《てこ》でも動かぬ姿勢の子猫を剥がしにかかっているルルの頬は、スコーンが左右一つずつ入っているのではないかと思うほどに膨れていた。

ミレーユは、そんなかしましくも元気な一人と一匹をじっと見つめると、クスリと笑った。

「いえ。もう少しだけ様子を見させてください」

「私のことは気にしなくていいんだぞ？」

「よろしいのですか？」

カインとナイルの心配そうな声が同時に発せられたが、ミレーユは笑みを深めた。

「ルルは嫌いな方や、ダメな生き物とは一切目を合わせないんです」

いままで絶対に近づこうともしなかった猫を、椅子から下ろすために触れているルル。

習性的に大きな声を嫌うというのに、ルルの怒りの声などまるでそよ風のごとく聞き流している子猫。

「あの子は、ルルと相性がよさそうです」

自分でも不思議なほどに、それは強い確信だった。

「ところで、あの子の名前はなんというのでしょう？」

「名前はまだないな。ミレーユが好きにつけていいぞ」

「好きに……ですか」

母国にいたときも、民から子供の名付けを頼まれることはよくあった。

ルルの名も、乳母《うば》から頼まれて付けたものだ。

もっとも頼まれずとも、ゆりかごの中で対面した小さな赤ん坊を見た瞬間『ルル』という名が強く頭をよぎり、この名前以外は考えられなかった。乳母からの依頼がなければ、こちらから名付けさせてほしいと懇願していただろう。

「……なにがいいかしら？」

湖の色を連想させる瞳と、柔らかなグレーの毛に覆われた子猫を見つめ、ミレーユは頭を捻る。

『シャーリ』『リーバ』『リフデ』

愛らしい姿によく合う名前はいくつも思い当たるが、なぜかどれもしっくりこない。

ルルの名を決めたように、直感的なものがおりてこないのだ。

真剣に悩みこみ、俯《うつむ》いていたミレーユは、ルルに意見を訊くことにした。

「ルルはどんな名前がいいと思う？」

振り返って訊《たず》ねれば、――なぜそんな体勢になったのか。

ルルの顔に宙吊《ちゅうづ》りになってぶら下がる子猫と、子猫の存在を無視しようとするルルの虚無な瞳と視線が合う。

「けだま……。こんな獣、『けだま』でじゅうぶんです」

低く乾いた声は、さきほどの強い確信がやっぱり間違いだったかしら？　と考えを改めてしまうほどには、子猫に対する憎々しさが滲《にじ》んでいた。

竜王と小ネズミ

「――あら、ルル様お一人ですか？」

大理石の回廊を歩くルルに声をかけたのは、ミレーユ付きの女官の一人、セナだった。

彼女はすぐにルルが一人ではなく、その足元にグレーのふわふわとした子猫がいたことに気づく。

「ふふ。ミレーユ様の子猫もご一緒でしたか」

「このけだま、ずっと姫さまの膝を占領するんです」

姫さまの読書の邪魔なので、無理やりはがしてきましたと頬を膨らますルルに、セナの周りにいた女官たちが愛くるしいとばかりにクスクスと笑う。

「子猫の名前は『けだま』に決まったのですね」

「にゃー」

「むぅ……」

ルルとしては皮肉で言った名だったが、まさかの採用。理由は一つ。ルルが連呼するあまり、子猫はそれを自分の名前だと認識してしまった。

他の名を呼んでも反応を示さないのに対し、「けだま」と呼ぶとにゃーと鳴くのだ。

「自分の名前を呼ばれて返事をするなんて、とても賢い子ですわ」

「賢くないですっ、ふてぶてしいだけです！　ルルがお昼寝すると、わざわざ顔の上に腹這《はらば》いになって寝るんですよ！　姫さまには絶対そんなことしないのに！　ルルのことバカにしてるんです！」

「っ……」

想像すると和んだのか、セナが笑いを噛《か》み締める。

しかしルルがふくれっ面になると、慌てて言葉を繕った。

「猫は初代花嫁様が愛された生き物だとお聞きします。それゆえに、初代竜王陛下が特別の寵愛《ちょうあい》を施したとか。同じく竜王様の花嫁となられるミレーユ様にも、先祖のご恩を感じているのかもしれませんよ」

「ご恩？」

寝て食べて欠伸《あくび》をするだけのけだまに、そんな大層な感情があるとは思えない。

そもそも先祖の恩とは、どんな恩があるというのか。

「この地で生まれた猫は、初代竜王陛下のお力によって寿命が延ばされているのです」

「え……寿命って、延びるものなんですか？」

「はい。ミレーユ様も婚儀が済めば、我々と同じ寿命となりますよ」

「姫さまも……。じゃあ、けだまはどれくらい生きられるんですか？」

「そうですね。この地の猫の平均寿命はだいたい八十年くらいでしょうか」

「そんなに長いんですか!?」

ルルは驚き、目を瞬いて足元にちょこんと座っているけだまを見つめた。

「お前……、ルルよりもずっと長生きなんですね……」

小さく呟《つぶや》いた言葉は、女官たちの耳には届かなかったようで。けだまを食い入るように見つめるルルを、ただほほ笑ましそうに眺めていた。

✿✿✿

「結局、私はミレーユの好感度を上げられたのか？」

迷い隠しの道を歩きながら、カインは一人悩んでいた。

子猫の存在を喜んでくれたものの、ルルのことを考慮すればベストな贈りものだったかは自信がない。

これではゼルギスが帰還したさい、『結局一人では贈りもの一つ満足にできなかったのですか』と嫌みを言われてしまうだろう。いや、嫌みを言われるのは別にいい。

（それよりも切実にミレーユの喜ぶ顔が見たい！）

毎日の日課であるチュシャの実を採りながら、なにか策を練る必要があると頭を上げれば、陽炎《かげろう》の森の入り口に人影が見えた。

目を凝らさずとも、それが膝を抱えて座り込んでいるルルだとすぐに気づいた。

「ルル……、また一人で来たのか？」

厳密にいうと一人ではなかった。一人と一匹。ルルの傍らには欠伸をしているけだまがいた。

「何度も言うが、ここは竜族の民すら近付かない森だ。私やナイルと一緒ならともかく、一人で来るような場所じゃない」

陽炎の森もそうだが、迷い隠しの道は木々が生い茂り、辺りはうっそうとしている。そのうえ、どれだけ道を熟知していても、必ず迷う仕掛けがされていた。

整備されている石畳がひとりでに動き、気づけば最初の場所に戻る。歩いてもたどり着かない、など内容は様々。ただ道を歩けば着くという場所ではけっしてないのだ。

「迷子になったら、ミレーユが心配するぞ」

憂慮を告げるカインに、ルルは危機感の薄い顔をした。

「大丈夫ですよ！　帰巣本能があるので、ちゃんと姫さまのところに帰れます！」

自信満々な返答に、思わず呆気《あっけ》に取られる。

（けだまの件といい、本当にルルは元始的本能が強いんだな……）

帰巣本能など、人へと進化した時点でほとんどの種族がその力を失っている。

しかも帰巣場所が住居ではなく、ミレーユの傍《そば》だというのが、なんとも不思議だった。

「そうだ……。塀はどうした？」

このために施工したはずの塀の存在を思い出すが、これもあっけらかんと返された。

「塀？　のぼりましたけど」

「登った!?」

「ルルの元始、ネズミですよ。のぼれますよ」

「……そうなのか？　では、ミレーユも登れるのか？」

「姫さまはのぼりませんし。まずのぼろうとは考えないと思います」

「そう、だよな……」

塀を登ろうとするミレーユなど想像できない。

なにより、あの塀は虎族でも駆け上れない高さに造らせたものだ。

これは元始うんぬんの問題ではなく、ルルの身体能力なのではないだろうか？

「それで、今日はなぜここに？」

わざわざ散歩に選ぶ場所でもない。問えば、ルルは一瞬言葉を詰まらせた。

「……ルル、竜王さまにお願いがあってきたんです。でも、これは姫さまには秘密にしてほしくて
……。だからここで待っていました」

俯《うつむ》くルルの顔はさきほどまでとは違い、憂いに満ちていた。

いつもの元気さが影をひそめる姿に、カインは背を屈《かが》め、真剣に向き合うことにした。

「そうか。たいていのことなら叶《かな》えてやれる。どんな頼みだ？」

ルルは、ミレーユにとって妹のような存在だ。実妹であるエミリアとの一件では無理やり幕引きをはかった手前、ルルの願いはできるだけ叶えてやりたかった。

その気遣いに背を押されるように、ルルがぽつりぽつりと話し出す。

「姫さまは……婚儀が終わったら、寿命が長くなるんですよね？　セナさんたちから聞きました」

「ああ。時の流れが、私たちと同じになる」

竜族の老いはゆっくりと穏やかだ。

他の種族は、《齢《よわい》十六までの調和盟約》から元始の血が大きく作用するが、竜族は別。

見た目もあまり変わらず、十六歳の姿のまま長く過ごす者も多い。

「そしたら……、ルルは姫さまよりも早く死んじゃうと思うんです。齧歯族《げっしぞく》の寿命は長くても三十年くらいですから」

「――それは……」

カインは言葉に詰まる。

ルルはミレーユよりも三つ下。本来なら、寿命を迎えるのはミレーユが先だっただろう。

しかし、カインと婚儀をあげれば、齧歯族の年齢差などなんの意味もなさない。

ミレーユは竜族と同じ長い寿命を生き、ルルは――――。

「ルルが早く死んじゃうことはどうでもいいんです。それが生き物の運命だってわかっていますから。でも……」

言葉を切り、ルルが痛みに耐えるように唇を噛みしめる。

初対面から天真爛漫《てんしんらんまん》で自由なルルの、初めて見る表情だった。

「姫さまは優しいから……。きっとルルが死んだらすごく悲しむと思うんです。姫さまはルルだけじゃなくて、みんなに優しくて。誰が死んでもいつも泣いていました。……でも、ルルの前では泣かないんです。いつも一人で泣いていたんです……」

ルルの母が亡くなったときもそうだった。

ミレーユにとっては乳母であり、大切な存在。彼女の死を悲しまぬわけがなかったというのに、ミレーユは気丈に振る舞い、ルルの寂しさと悲しさを埋めることを優先してくれた。

私室で一人泣いている後ろ姿を扉の隙間から覗《のぞ》き見るまで、ずっと彼女が涙を我慢していることに気づくことすらできなかった。

「ルルは、ルルが死んでも姫さまに悲しんでほしくないっ、泣いてほしくないんです！　姫さまにはいつも笑っていてほしいんです！……でも、姫さまは死をとても悲しみます。齧歯族の寿命は短いから、みんな仕方ないことだと割り切っているけど、姫さまは違うんです……」

『姫様の死生観は、皆と少し違うのよ』

そう言っていたのは、幼いときから乳母としてミレーユを見てきた母だった。

『だから、ルルは長生きするのよ。貴女《あなた》の名は、姫様からいただいたのだから。さきに無くしてはダメよ』

母とした最期の約束。けれど、もう約束を守ることはできない。

「ルルは姫さまが泣いてもお傍にいられない……。一緒に泣いてあげることもできない。だから竜王さま、お願いです！　もし姫さまが悲しんでいたら傍にいてあげてください！　ルルは、姫さまが隠れて一人で泣くのはイヤです！」

涙が零《こぼ》れるのを我慢するように、ルルが拳を握り締める。

痛々しいほどのミレーユへの思慕を感じ取ったカインは強く頷《うなず》いた。

「ああ、約束しよう。ミレーユが一人で泣くようなことはけっしてさせないと」

「！　ありがとうございます！」

眦《まなじり》を赤く染めて、ルルが笑う。ホッとしたその顔に、カインは一瞬、既視感を覚えた。

（……なんだ？　昔、誰かと同じように約束を交わしたような……）

ミレーユに会ってすぐに竜王の儀式に入ったカインに、そんな記憶は一切ない。

だというのに、なぜかこんなやり取りを過去に誰かとしたような気がした――。

「竜王さま、どうかされました？」

「いや……、なんでもない」

（そんなはずないか。ミレーユとした結婚の約束を思い出しただけだろう）

一瞬よぎった既視感は、まったく異なるものに感じたが、カインは己を納得させた。

それよりも、もっと別のことに思考が働いた。

「約束は必ず守ろう。だが、ルルの代わりは私にも荷が重い。そこで提案なんだが、竜族の男と結婚するというのはどうだ？」

「ふぇ？」

「無理強いするつもりはないが、竜族の男と婚姻を結べばルルの寿命も延びる。ミレーユの傍に長くいられるぞ」

思ってもいなかった提案に、ルルの目が瞬く。

「ルルが竜族の方とですか？　でも、ルルと結婚してくれそうな方なんていらっしゃるでしょうか？」

母国ですら、言動が幼すぎて『お前は姫様よりも行き遅れる』と、面と向かって言われるほどだ。齧歯族の中でもそんなありさまで、神の種族と言われる竜族から相手が見つかるとは到底思えなかった。

そんなルルの懸念を、カインは笑い飛ばした。

「その心配は必要ないな。ルルはミレーユほどじゃないが陽力が高いし、言葉に嘘《うそ》がない。竜族の男は飾られた言葉よりも真実を好むからな」

続けざまにどんな男が好きか問われ、ルルはしばらく「うーん」と考えたのち、ある要望を口にした。

「なら、愛人を五人までにしてくれる方がいいです！」

「？　『あいじん』とはなんだ？」

「お妾《めかけ》さんのことですよ」

「『おめかけさん』？」

聞きなれない単語が続き、カインは困惑気味に目を細める。

「どういう意味だ？」

「え？　知らないんですか？　奥さん以外の女の人のことですよ」

「ミレーユ以外のその他大勢を指す言葉、という意味か？」

「……竜王さま、そんなにいっぱい愛人をつくるつもりなんですか？　ルル、そんな方に姫さまと結婚してほしくないです」

解釈的に不自然ではない例えをしたつもりが、ルルからはやたらイヤそうな顔をされた。

「ちょっと待て！　その『あいじん』というのはなんなんだ!?」

よもやルルからミレーユとの結婚を反対されるなど思ってもいなかったカインは慌てふためき、より詳しい説明を求めた。

「奥さん以外の奥さんですよ」

「…………は？」

「奥さんがいっぱいいるんです。竜王さまが姫さまと結婚したら、奥さんが一人できますよね。でも、そのあと他の女の人とも結婚したら、奥さんが二人になりますよね。で、また別の女の人と結婚したら、奥さんが三人になるじゃないですか」

まるで簡単な足し算を教えるような口調で、ルルが言う。

「それは……番《つがい》を二人以上持つということか？」

「そうですね！」

カインにとって概念になかったものを無理やり納得させた形で問えば、ルルは笑顔で肯定した。

「……そうか。なんとなく意味は理解できた。理解したうえでもう一度問うが、ルルはどんな男がいいと言った？」

「愛人を五人までにしてくれる方がいいです！」

一言一句間違うことなく、さきほどと同じ言葉だった。

「いや、ちょっと待て……っ」

意味を理解したからこそ、ルルの理想が納得できない。

憤るカインの『待った』に、ルルはそれをおこがましすぎたかな、と解釈したようで、再度言い直す。

「じゃあ、十人くらいまでにしてくれる方がいいです！」

「なるほど、十人か……」

カインは静かに額に手を当てると、ルルの言葉を反芻《はんすう》した。

いまのは聞き違いか？

それとも空耳か？

「最後にもう一度だけ訊《き》くが、――どんな男がいい？」

「愛人関係で泥沼化しない方がよいです！」

屈託のない笑みで宣言するルルに、カインは引き攣《つ》った笑みのまま小さく頷くと、

――考えることを放棄した。

❀❀❀

「ルルもけだまも、どこにいっちゃったのかしら？」

ローラから宿題代わりに借りた本を読み終わったミレーユは、お茶の時間になっても帰ってこないルルたちを捜し、庭園へと続く回廊を歩いていた。

「この辺りで日向《ひなた》ぼっこしていると思ったんだけど」

昨日も柔らかな陽のあたる場所で、柱にもたれてすやすやと気持ちよさそうに寝ていたが、今日はその姿が見えない。

『横になって寝るとけだまが顔の上にのってきて寝苦しいので、この場所がいまのお昼寝のベストポジションです！　ルルはこんな毛だらけの獣にはくっしませんから！』

いったいルルは何と戦っているのだろう。ミレーユからすれば、仲良くお昼寝をしているように

しか見えなかったが。それに、

「どれだけけだまに文句を言っても、カイン様が用意してくださったお部屋に閉じ込めてしまえばいいって発想はないのよね」

つい口元が綻ぶ。

けだまには、専用の部屋が与えられていた。

母国の自室の二倍はある広さに加え、室内には猫が好む遊具や、肌触りの良い毛布とクッション。

そんな子猫にとって居心地のよさを追求した部屋にもかかわらず、ルルはそこにけだまを閉じ込めようとはしなかった。

ローラの言うところの本能が元始的なルルには、生き物を閉じ込めるという発想自体がなかった。

「うーん、おやつの時間には帰ってくるかしら？」

「あら、ミレーユ様」

入れ違いにならぬよう、部屋で待っていた方が得策だろうかと考えていると、桐箱《きりばこ》を抱えたドリスと鉢合わせた。

「ちょうどお部屋に伺うところでしたわ！」

今日は色打掛の見本を持ってまいりましたと言うドリスに、頬が引き攣る。

それがどういったものなのか詳しく分からずとも、けっして安価なものではないことは立派な桐の箱からも察せられた。

「あの、国庫のお仕事はよろしいのですか?」

統括長として多忙であるはずの彼女が、自分の衣装のためだけに何度も足を運んでくれるのはしのびない。

そう告げれば、ドリスは黒縁の眼鏡を持ち上げながら嬉々《きき》として言った。

「いまは他の者に任せておりますわ。国庫よりも、花嫁衣装の方が重要事項ですもの!」

極貧国家で育ったミレーユからすれば、衣装が国庫より大事とは到底思えず、言葉に詰まる。

(ほ、他にも優秀な方々が国庫を守ってくださっているから、少し抜けたくらいでは問題ない、ということよね……)

自分の常識でドリスの言葉を受けとると、度肝を抜かれることが多い。

心の安定のためにも最近身に付いた変換力で、ミレーユは自分を納得させた。

「ところで、花嫁衣装になにか不備でもあったのでしょうか? 母国に追加の発注依頼が来たと聞きましたわ」

すでに請け負える量を超えていたため、辞退せざるを得なかったそうだが、なぜ今頃になってそのような打診が来たのかと不思議がっていたという。

どうやら、ナイルは結局ドリスの一族に打診したようだ。

「その……実は――」

ことの経緯を簡単に説明すれば、ドリスは赤い唇をあんぐりと開けた。

「ミレーユ様が針子を？……それは、さすがのあの人でも予測できないはずです」

「私がお引き受けしたいのですが、ナイルさんからは反対されていまして。ルルは、カイン様にお願いするのが一番だと言いますが、そんなことをお願いするのは気が引けますし」

「あら、わたくしもルルさんの意見に賛成ですわ。花嫁に頼まれれば、たとえ右腕を失おうとも成就させるのが竜族の男ですもの」

「右腕を……失おうとも？」

あっけらかんと恐ろしいことを口にするドリスに、四肢が硬直する。

（こ、これはどういう変換を行えば？……愛情深いという意味合いでいいのかしら？）

しかしどれほど愛情深くとも、右腕を失う事態は避けてほしいと切に願う。

「それにしても、ミレーユ様が望んでおられるなら、女官長として叶えて差し上げればよろしいのに。あの方も頑固ですね」

「それだけ私が頼りないのだと思います」

「いいえ、あの人のあれはただの過保護ですよ。竜族の女もまた厄介です。一度忠誠を誓った相手にはとことん情が深く、重いですから」

「そんな大層なものを誓われた覚えはありませんし、誓っていただく予定もございませんが……」

驚いて否定するも、ドリスは聞いておらず。

「あぁ、ですがあの方の過保護は、最近とみに拍車がかかっていますね。もしやなにかございましたか？」

「え？」

尋ねられるも、とくに思い当たる節はない。

ナイルは初対面のころから礼儀正しく、気の利く女性だった。

（あ、でも……）

よくよく思い返せば、やたらと体調を心配されたり、定期的にローラの診察を組み入れたりするようになったのは、ドレイク国に来て少し経ってからの話だ。

時期で思い当たるのは――。

（まさか、エミリアの一件が絡んで……？　いえ、そんなはずないわよね。別段身体《からだ》に差し障るような事柄でもないし）

少し考えるも結局なにも思いつかず、ミレーユは否定するように首を振った。

「でしたら、やはりあの方の過保護が行き過ぎているのでしょう。術の検証に際してもそうですもの。ミレーユ様の体調を重んじて、婚儀が終わってからお願いするつもりだと何度も伝えておりますのに、まったく信用しないのですから」

「私の体調に関しては、それほどご配慮いただく必要はありませんが……」

なんせ睡眠、食事は完璧。可愛《かわい》らしい愛猫との戯れも加わり、体調はすこぶる良い。

「いいえ、さすがにそうはまいりませんわ。石を術に吹き込むなど、いったいどれほどの魔力を要するのか、わたくしには見当もつきませんもの」

ミレーユの能力の一つ。石に魔力を付与し術を発動させる力は、ドリスにとって大変興味深いものらしい。それは、初代竜王陛下が残した遺産、魔石に似ていることが理由だった。

（ナイルさんもドリスさんも、私の体調を危惧してくださるけれど、それほど大掛かりなものなのかしら？）

いままではナイルからの窘《たしな》めもあり、あまり詳しい内容は聞かせてもらっていない。

心の準備も兼ねて、ミレーユはドリスに問うことにした。

「術の検証に用いる石は、どれほどを想定されていらっしゃるのでしょう？」

「そうですね……」

ドリスは顎下に手を置き、試算する。

「やはり分析や比較を考えても、十から二十ほどはいただきたいですね」

「え……」

その数に、ミレーユは驚いたように目を瞬いた。慌ててドリスが取り繕う。

「もちろん一度にではなく、日を改めての数ですわ！」

「それだけでよろしいのですか？」

「へ？」

「二十ほどでしたら、すぐにでも術を込めてお渡しできます。それほど時間のかかるものでもありませんから」

これに、今度はドリスが虚をつかれた顔で目を見開く。

「よ、よろしいのですか？　さすがにそれほどの数となると、ミレーユ様の魔力が持たないのでは……」

ミレーユの魔力総量の低さを懸念しているのだろう。

ナイルに対しては見ているこちらがハラハラするほど遠慮や加減をしないドリスが言いにくそうにする姿に、ミレーユはクスリと笑った。

「気になさらないでください。自分の魔力の低さは自覚していますから」

ミレーユの魔力は、産まれたときから低かった。

そのうえ行使できる術は、どれも父親からは厭《いと》われるものばかり。

一つは、遠くの音の周波数を拾うという盗み聞きに近いもの。

二つ目は、石に術を付与することによって発動させるもの。

(残りの一つも、自分の体力を少し回復するくらいにしか使えないものだし……)

妹のエミリアのように、他者を治癒できる能力であったなら、どれほど民の役に立ったことだろう。しかし、能力も魔力総量も持って生まれた素質がものをいう。これればかりは努力だけではどうにもならない。

だからこそ、ミレーユは別のところに重点を置いてきた。

「百や二百くらいでしたら、それほど魔力も枯渇しません。魔力の低さは魔力操作で補えと。幼いころ、兄からも教えを受けておりますので」

「二百……、そんなに……？」

驚くべき数とばかりに、ドリスの声が上擦る。

「ですが、込めた術は長続きしませんし、術式範囲も物置部屋程度です。あまりご期待いただけるような成果は出せぬかと」

「十分ですわ！　ミレーユ様はわたくしのゼロだった可能性を一にしてくださった方ですもの！この差がどれほど大きいか！」

ドリスは拳を強く握りしめ、感情を高ぶらせて言った。

（どうしましょう……ハードルがまた一層上がってしまった気が……）

量はあるが質はたいしたことがないと言いたかっただけなのだが。ドリスの喜びように胃が痛む。

「さっそく石を準備いたします！　用意するのに……そうですね、少々お時間をいただいてもよろしいですか？」

せっかくですから厳選させてくださいと頼まれ、ミレーユは二つ返事で了承した。

「それにしても、ご賢兄様の魔力操作重視のお考えは素晴らしいですわね。能力や魔力総量は確かに素質が大きく作用しますが、魔力操作は素養。労力は必要としますが、努力を重ねれば重ねるほどにコントロールが可能ですもの。慧眼《けいがん》ですわ！」

「っ、ありがとうございます！」

自分ではなく兄が褒められたことが嬉《うれ》しくて、思わず笑みが零れる。

「以前ご賢妹様のことはお聞きしておりましたが、ミレーユ様は三人ご兄妹でいらっしゃったのですね」

「えっと……はい、一応……」

口ごもりながら「一応」と付けた不自然さに、下位種族の婚姻形態にも博学な彼女は、その意味を察したようだ。あえてそこには触れず、話を続けてくれた。

「ご賢兄様も婚儀にはご出席されるのですか？」

「え？……そ、そうですね。兄も式には出席してくれるかと思います」

これまた不自然な言い方になってしまい、ドリスに首を傾《かし》げられてしまう。

ミレーユは慌てて付け加えた。

「兄は幼いときに留学してしまったので、私も長らく会っていないんです……」

ミレーユの兄、ロベルトは帝王教育の一環のため、母の遠縁でもある狐族《きつねぞく》のもとへ留学していた。

カインこと、幼名ヴルムと出会う少し前の話だ。

産まれたときから離されて育てられたエミリアと違い、ロベルトとは母を交えた交流が多く、厳しくも頼りになる兄だった。

（――そうだわ！　お兄様になら、エミリアとお父様のことを相談できる）

自分より数倍しっかりしている兄ならば、きっとよい知見を与えてくれるはずだ。

（でも、いきなりこんな話をされても、ずっと国を離れていたお兄様にとっては寝耳に水。きっと、ひどくお叱りになるわね）

ロベルトはミレーユよりも母の影響を強く受けて育っている。

上位種族を謀《たばか》ろうとしたなど聞けば、きっと烈火のごとく怒り狂うだろう。

もちろん止められなかったミレーユも同罪だ。

いや、同罪どころか。幼かったとはいえ、王女の身分でありながら勝手に婚約を約束し、そのうえ約束を果たしてくれたカインのことを本人と気づけなかったお粗末さには呆《あき》れられるだろう。

それでも黙ったままにはできない。

（どうにかしてお兄様と連絡を取りたいけれど、返事はくるかしら……）

いままでもロベルトには何度も手紙を出したが、返信がこの手に届くことはなかった。

――この十年、一度たりとも。

エミリアの婚儀にすら音沙汰はなく、当然式にも出席していない。

さすがに次期王位継承者である兄が実妹の婚儀に参加しないのはおかしいと思い、父にも帰国を促してもらえるよう進言したが、けんもほろろにはねつけられただけで終わってしまった。

父が邪険にする理由は薄《うっ》すらと察していた。

ロベルトは幼いときから母に似て優秀だった。魔力総量も、齧歯族からすれば高い。

両方の年齢を考えても、兄の帰国は、世代交代を意味する。王位を譲りたくない父は、それを阻止しているのだ。そもそも留学も父が突然下したものだった。

（お母様の遠縁とはいえ、狐族とはさほど交流があったわけでもないのに……）

ロベルトが他国へ旅立ってしまったことは、ミレーユにとって大きな喪失だった。

しかも、そうこうしているうちに、隣国同士の戦争が始まったのだ。

あのときの強い不安と焦燥感は、いまも鮮明に思い出せる。

そんな時期だったからこそ、なおさらヴルムとの出会いは、隙間風が吹いていた胸にあたたかな陽を与えてくれるような時間だった。

思わず懐かしさに頬を緩ませていると、

「ミレーユ！」

「！　は、はい！」

ちょうど思い返していた当人から名を呼ばれ、ミレーユは条件反射で返事をした。

「なんでしょう、カインさ……ま？」

慌てて声のする方へ振り向き――――、その光景に首を傾げた。

彼の左腕にはルルが抱えられていた。

婚約者が他の女性に触れているのだ。本来なら嫉妬して然《しか》るべきだろう。

しかしミレーユにはそんな気持ちは欠片《かけら》も起きなかった。

相手が妹同然のルルだからというだけではない。小脇に抱えられたその持ち方が、まるで大袋に入った小麦を運んでいる姿にしか見えなかったのだ。

ルルも背の高いカインに抱えられ、普段感じない目線の高さにキャッキャッと無邪気に喜んでいる。その頭には、けだまが張り付いていた。

――――色気が皆無すぎる。

そう感じたのはミレーユだけでなく、ドリスも同じだったようだ。

「……竜王陛下。恐れながらもう少し運び方をどうにかできませんでしたか？　さすがに雑すぎますよ。よもやミレーユ様のこともそのようにお持ちになるのかと、危ぶんでしまいます」

「なにを言っているんだ。ミレーユを連れて飛ぶときは、ちゃんと両手で抱きしめるに決まっているだろう」

ハッキリとした彼の物言いに、ミレーユは安堵《あんど》よりも羞恥に頬が赤くなる。

たぶんそのようなことをされれば、絶対に裏返った悲鳴をあげてしまうだろう。

（――ん？　いま、飛ぶとおっしゃいました？）

鳥を祖先に持つ一族でも、人へと進化したさいに羽を失っている。

飛行行為ができる種族など、ミレーユの知識の中には存在しない。

数少ない上位種族の中には、元始の姿になれる者がいると、昔話で読んだことはあったが。

（あら？　昔、同じようなことを思ったような？……そうだわ！　ヴルムも『飛ぶ』と言っていた

わ！）

飛んで帰るといったヴルム。

あのときは竜族だとは知らなかったため、本当に飛べるなど考えもしなかったが、彼に羽があり、飛ぶことができたとすれば、あの日、目の前から突如消えるようにいなくなってしまったことにも納得がいく。

（カイン様は、飛ぶ力をお持ちなのかしら？）

見たい。彼に羽があるのならぜひこの目で見てみたい。

しかしそんな願望を口にするより早く、カインはルルの両脇を持ち上げると、ミレーユの前にずいっと突きだした。

「ルルが言っていることを通訳してくれないか。意味が分からないんだ」

「通訳、ですか？――ルル、カイン様になにをお伝えしたの？」

意味が分からず問えば、動揺が見えるカインとは反対に、ルルはのんびりとした声で「えっとぉ」と話し始めた。

「竜王さまからどんな旦那さまがいいかと訊《き》かれたので、愛人を五人までにしてくれる方がいいってお伝えしましたぁ！」

「ルルの……旦那様？」

唐突すぎて、経緯が読めない。

疑問符を浮かべるミレーユに、カインは竜族の男との婚姻を勧めた説明を足した。

もちろんルルとの間で交わされた約束については省いて。

「ルルが竜族の方と……それは、願ってもないお話ですが」

本来ならルルの年齢は、齧歯族では結婚適齢期だ。

自分のように行き遅れなどと言われることなく、ルルには相応の年に結婚してほしいと望んでいたミレーユにとって、その提案は渡りに船。

なにより天真爛漫なルルには、できるだけ寛大で寛容な男性がいい。

その点、小さなことをあまり気にしない竜族の性質はルルに合っているように思えた。

「お話は理解いたしました。ですが、意味がわからないというのは、どの部分を指しているのでしょう?」

さきほどのルルの要望を反芻しても、なにが不可解だったのかミレーユには分からなかった。

「どの部分って……愛人を五人というのはおかしいだろう?!」

「十人くらいならよいということでしょうか?」

まさかまた、同じ台詞《せりふ》を耳にするとは思わなかったカインはルルを地面に下ろすと、驚愕《きょうがく》を抑えきれない顔でミレーユの細い肩を摑《つか》んだ。

欲より戸惑いが強かったせいか、初めて竜印が発動することなく触れることができたが、いまはそんなことは二の次だ。

「なぜ番がいながら、他の者を望む!?」

「「え……？」」

彼の訴えが理解できず、ミレーユとルルが同時に首を傾げた。

そんな三人に見かねたドリスが助け船を出した。

「ミレーユ様、竜族は一夫一妻制です。愛人を持つなど、この国では許されない行いです」

竜族の婚姻における認識の違いを厳かに告げられ、ミレーユは大きく目を見開いた。

「そ、そうなのですか……？　では、側室は？」

「まず、側室という定義すら存在しておりません。多妻など持とうものなら、竜王といえど鼻つまみ扱いされるでしょう」

「?!」

ドリスは純粋な驚きを示すミレーユの心中を察したうえで、今度はカインに言った。

「竜王陛下、ミレーユ様のお国は一夫多妻制です。とくに王や貴族は数多くの女性を娶《めと》ります。番は一人のみという概念は平民にすら存在しておりません」

国が違えば常識も異なる。自分が見ている景色だけがすべてではない。

そう説明されるが、カインは納得がいかず異を唱えた。

「だが、グリレス国王の系譜はミレーユの母君以外、女性の名は記載されていなかったぞ」

名がないということは、王妃以外の女性や、その子供は存在していないはず。

以前のような思い違いをせぬよう集めた情報に漏れがあったとは正直考えたくなかった。

これに、ミレーユが答える。

「父にも、数多くの女性がおります。系譜に母の名前しか載っていないのは、側室として認められていないからです。側室として認めれば、当然その生活のすべてをみなければなりません。父は、それを無駄だと考えたようで……」

言いにくそうに打ち明けるミレーユの表情は曇っていた。

己の欲望は満たしても、義務は一切背負わない。それが父の見解だった。

「では、実際は？」

「お恥ずかしながら、私が小耳にはさんだだけでも二十人は……」

聞く限りの数がそれならば、実数はもっと多いのだろう。

――あの男、やはりあのとき叩《たた》き潰しておけばよかった。

気まずそうに視線をそらし答えるミレーユに、思わずカインの口から、心の声が零れそうになる。

「もとより齧歯族の娘に婚姻の自由はありません。大抵は親が相手を決めますので」

「そういえば、以前そんなことをクラウスが言っていたな……」

竜族にはない概念だったため、すぐにカインの記憶からは抜け落ちていた。

まったく理解はできない。とはいえ、彼女の父を貶《おとし》め、他種族の文化に異論を唱えるよりも先に、カインにはミレーユに伝えるべきことがあった。

「ミレーユ！」

「は、はい」

突然グイッと距離を詰められ、両手を握られる。ミレーユは動揺で返事が上擦った。

「私は、君以外の娘を娶るつもりは一切ないからな！」

「え……」

真剣な眼差《まなざ》しでハッキリと告げられる。

翳歯族にとって、側室や愛人が数多くいることは当たり前のことだった。

あまり考えないようにしていたが、カインもいつかは側室を娶るのだろうと思っていた。

「同様にミレーユが私以外の者に心惹《ひ》かれるのも耐えられない……！」

「……本当に、唯一なのですね」

幼いときにヴルムが口にしていた『唯一の番』という意味を、はっきりと彼が示してくれたことが嬉しくて、思わず頬が緩む。

「私以外に目を向けないと、誓ってくれるか？」

「もちろんです。過去未来において、そのようなことはないとお約束できます」

ミレーユは口元に笑みをつくると、胸に手を置きながらゆっくりと告げた。

魔力の低い自分には、胸元の竜印を視認することはできない。

それでも、きっとこの先も消えることなく、胸を彩ってくれるだろう自信があった。

出会ってから十年、ずっと彼を想《おも》い続けたように。

その返答にホッとしたのか、カインが目元に安堵の色を浮かべた。

なんともふわりとした空気が流れたのも束《つか》の間《ま》、ズドォン！　という爆音が耳朶《じだ》を打った。

「!?」

突然の音に、ミレーユの身体が硬直する。

恐る恐る少し離れた庭園内に設けられた噴水に目をやれば、無残なほどに木っ端みじんに崩れ落ちた姿が――――。

ミレーユは息を吞《の》み、数秒前のカインの動作を振り返った。

一瞬でよく分からなかったが、それは確実にカインを狙って放たれていた。

そして、彼は表情一つ変えることなく、それを素手で噴水のあった場所に叩き落したのだ。

「よかった……。ミレーユが他の者に心を移すなどないと信じてはいるが、きちんと言葉で示さなければ、前のように誤解を生じさせてしまうのではないかと恐れていたんだ」

(ええっ、何事もなかったようにお話を続けるのですか!?)

いま目の前で起こった出来事を、まるでなかったかのように振る舞うカインに、ミレーユは目を白黒させた。

「あ、あの、カイン様？　いま、あれが……」

震える人差し指で粉々になってしまった噴水を示しても、カインはそちらを見ようとはせず、ミレーユの瞳を見つめるばかり。少し熱を帯びた紅蓮《ぐれん》の瞳は吸い込まれそうなほど美しく、どんな紅玉でも太刀打ちできない輝きだ。

（え？　「あれぇ？　動揺している私の方がおかしいのかしら？」

あれぇ？　噴水なくなっちゃいました。いまの音で壊れたんですか？）

思わず自分の感覚を疑い出すも、ルルの不思議そうな声にハッと我に返る。

庭園の中心に設けられた噴水は、百か所以上の噴出口が設けられた巨大なもの。

あれが粉砕されるなど、普通ではありえない。

なにより、威力も破壊力も桁外れの攻撃魔術だった。

これは竜王を狙った刺客なのでは!?　と、青ざめるも、犯人はすぐに明らかになる。

ザッザッと、石畳みを踏み込む音と共に現れたナイルの右手には、魔力でできた魔弾。

それが先ほど放たれたものであることは一目瞭然。

（なぜナイルさんがカイン様に攻撃を!?）

状況がまったく呑み込めない。

けれど、カインの方はナイルがなぜ攻撃を放ったか察しているようで、「あと一刻くらい待てないのか……」と憎々し気に呟いている。

「――――カイン様。わたくしは、貴方様《あなたさま》が事前に交わした約束を反故《ほご》にしていること、けっして許容しているわけではございません」

氷塊のような一対が、ギロっとカインを捉える。

(約束？　なんのお約束かしら？)

つまり、何らかの約束をカインが破っているから、それに対してナイルは怒っているようだ。

あまりに手荒だが、これは彼女なりの元家庭教師としての指導の一環なのだろうか。

「恋人同士の語らいを邪魔するなんて、無粋な方ですね」

凍えるような厳しい声をものともせず返したのは、ドリスだった。

やれやれとばかりに頬に手をあてため息をつくと、カインも、「もっと言ってくれ」とばかりに強く頷いている。

「ドリス、貴女も同罪です。ミレーユ様がお許しになられているからと、取り次ぎもなしに何度も。少しは配慮というものを――」

「あら、一足遅かったですわね！　もう検証のお約束の日は取り付けさせていただきましたわ！」

言葉を遮り、あえて挑発するように胸を反らすドリスに、ナイルの眉間に深い皺《しわ》が寄る。

静かなる怒気が、足元から魔力として流れ出ているように感じるのは気のせいだろうか。

「……一生の不覚です。ミレーユ様のお力を事前に把握していれば、貴女とは絶対に引き合わせませんでしたのに」

ひとり言のように吐かれた言葉には、盛大な嫌みがこもっていた。

ドリスは不満そうに片手を腰に当てると、心外だとばかりに口を窄《すぼ》めた。

「ずいぶんな言い様ですね。傷つきますわ」

「当たり前です。もう自分の前科を忘れましたか？」

「前科？——ああ、約束の間の扉を破壊しようとしたことですか」

（は、破壊!?）

なんでもないことのようにさらりと宣《のたま》うドリスに、ミレーユは驚いて目を瞬かせた。

「……あの、約束の間というのは、先日ローラ様がおっしゃっていた、開国以来一度も開いたことのないというお部屋では？」

恐る恐る問えば、ドリスは邪気のない笑顔で肯定した。

「約束の間は初代竜王陛下が残し、そして封じた場所だと伝えられています。あそこならば、きっと諸々《もろもろ》の解明に繋《つな》がるなんらかの手掛かりが見つかるはずです！」

扉を爆破する価値に見合うものが必ずあると豪語されても、ミレーユには頷くことができない。

続く言葉には、さらに血の気が引いた。

「とはいえ、中位種族の国なら軽く消し飛ばせるほどの魔弾を使用しても開錠には至らず。扉には傷一つ付けられませんでしたが……はぁ、口惜しいですわ」

ドリスの声は、心の底から無念そうだった。

（中位種族の国なら軽く消し飛ばせるほど……）

となれば、下位種族の母国などほんの一瞬で消し炭だ。

（こういうやり取りは、こちらのお国では驚くほどのことではないのかしら？）

ミレーユにとっては驚きの連続だが、横にいるカインはまったく興味のない顔をしていた。

王宮の一室を破壊しようとしたドリスの行動に対しても、まったくの無関心。

「当たり前です。いままでどんな手段を講じても開かなかった扉が、そう簡単に開くわけがないでしょう。貴女のような目的のためなら手段を択《えら》ばない不届き者、ミレーユ様にもなにをするか分からないと警戒されて当然です」

「わたくしとてそこまで不調法者ではありませんわ！　それに、扉の破壊についてはきちんと前竜王陛下の了承をいただきました。罪人のような言われ方は心外です！」

「木の葉一枚分の重みもない了承ですね」

「皇太后陛下にいたっては魔弾の提供をしてくださいましたわ！」

「あの方は、ただ破壊行動が好きなだけでしょう」

「……え？」

淡々と言い返すナイルの台詞に、ミレーユが小さく声を発する。

カインとの会話の中で、彼の父である前竜王陛下のことは度々聞いているが、皇太后についてはあまり聞かされていない。

知っているのは、高位種族虎族の王女であり、クラウスの叔母だという情報のみだ。

それが、突然破壊行動が好きだと聞かされれば、背筋に汗が伝う。

目の前で現竜王に攻撃を為す女性と、初代竜王の遺産を破壊することで資料を手に入れようとする女性がいるのだ。あまり大差ないのでは？　と考えなくもないが……。

「ナイル！」

ミレーユの震撼《しんかん》を感じ取ったのか、カインが叱責するように名を叫ぶ。

ナイルも己の失言に気づき、慌てて口を閉じた。

「これは失礼いたしました。言葉が過ぎましたわ」

「いまのは気にしないでくれ！　母上は虎族の血筋のせいか、齧歯族に比べれば少し手荒な部分もあるが、戦好きというわけではない！」

そんなカインのフォローに、ドリスが言い添える。

「戦好きではありませんが、好戦的であることは間違いないのでは？」

「ドリス、君は黙っていてくれ！」

これ以上、余計な火種を広げては困るとばかりに、すかさず制止が入る。

「好戦的？……あの、皇太后陛下のお話をされているのですよね？」

これが男性である前竜王のことだと聞けば、まだなんとなく理解できる。

けれど女性である皇太后と考えれば、ミレーユの頭に疑問符が飛んだ。

「いや、その……。虎族は元の先祖が群れを形成せず、単独で生活する生態だったためか、とにかく男女問わず主張が傍迷惑《はためいわく》に強い一族で。だが、敵とみなされない限りは牙をむかないから安心してくれ！」

虎族に対する悪意が滲《にじ》み出た説明を一息でするカインの後ろで、ナイルとドリスがぽつりと呟く。

「「その説明では、とても安心できませんよ……」」

事実ではあるし的を射ている。しかしそれと安心は別物だ。

よけいミレーユの不安を煽《あお》るだけの言動に思えたが、カインとて策は弄していた。

おもむろにミレーユとの距離を詰めると、自分の身体で外野の姿を隠す。

そして顔を覗き込むように接近し視覚を、声に魔力を込め聴覚を、焦りで滲んだ汗は芳香となり嗅覚を奪った。竜族でも上位の存在しか使用できない《魅了の力》を存分に発揮したのだ。

「え……あ、は……はい」

効果は抜群で。ミレーユの思考は朧《おぼろ》となり、脳が正常稼働しなくなった。

目の前には引き締まった体軀《たいく》、耳に入る低い声、鼻腔《びこう》をくすぐる香りは眩暈《めまい》すら起こさせるほど官能的だ。

これがローラの言っていた魅了というものなのだろうかとぼんやりと考えるが、だからといってこれを振り払うことのできる力など、下位種族のミレーユにはなく。

「種族間によって思考、行動、秩序が多種多様であることは、さきほどのミレーユの父君の話でも理解したつもりだ。これからも価値観の違いは多々あるかもしれないが、お互い歩み寄ってすり合わせていこう！」

誰が聞いても、話の収束を促しているだけの言葉の羅列だと分かる。

それでもカインは、強引に話をまとめ、ミレーユの細い指をギュッと握り締めた。

「ルルの相手も、そういったことを踏まえて探させる。安心してほしい」

長いスラリとした指に両手を包み込まれ、ミレーユはいまだに魅了が解け切っていない虚《うつ》ろな瞳で、こくこくと頷くことしかできなかった。

「ルルも、それでいいな？」

「――へ？」

頭に張り付いたままのけだまを剝がそうと躍起になっていたため、途中からまったく話を聞いていなかったルルが振り返る。葡萄《ぶどう》のような丸い黒い瞳をキョトンとさせ、自分が話の発端であったことなど完全に忘れ切った顔だ。

「えっとぉ、よく分からないですけど、ルルはなんでもいいです！」

「よし。ナイル、至急ルルに見合う竜族の男を精選してくれ」

「それは……、どういうことでしょう？」

途中参加のナイルは不可解そうな顔をするも。経緯を聞くと、察しの早い彼女はすぐさま強く頷いた。

「承りました。ルル様のお相手となれば、素性の確かな者でなければなりませんね」

適当な相手ではなく、十分精査する心づもりのナイルに、ミレーユもほっと胸をなでおろす。

「――ですが、先んじては婚礼ご衣装のお話を。ミレーユ様、ライナス商会会長が登城いたしました」

「えっ？　もう、到着されたのですか？」

ライナス商会の本店があるのはグリレス国と同じ北の大陸だ。海で数週間、陸で数カ月はかかる。登城にはもっと時間がかかると見込んでいたミレーユにとって、これはあまりに早すぎる来訪だった。

「こちらから迎えを送りましたので」

「あ……」

そうだったと、ミレーユは思い出す。

ここはドレイク国、神の種族が統べる国だ。

有り余る魔力は遠い大陸でさえ簡単に移動距離を縮めてしまう。

自分とて数日でこの国に来たことをすっかり忘れていた。

（完全に気が緩んでいたわ）

まだどうすれば仕事を請け負うことができるか、最善策を見出《みいだ》していないミレーユは途方に暮れた顔でうなだれた。

登城

「世界の王と等しき竜王陛下にお目にかかれたこと、恐悦至極に存じます」

狸《たぬき》の末裔《まつえい》であるライナス商会会長、ダダンは伏していた頭を上げ、恭しく口上を述べるも、王座につく竜王の側らに、よく知る人物が立っていることに気づき、楕円《だえん》の目を大きく見開いた。

「ミ、レーユ王女殿下!?……な、なぜ、こちらに？」

ダダンは、召喚の経緯を詳しく知らぬまま参内していた。

「あぁ、ですがよかった！　何度お国に内謁の願いを出しても、一向にご返信いただけなかったので、なにかあったのかと心配しておりました！」

普段なら間を置かず届くはずのミレーユからの返事が来ないことに焦っていたダダンは、短く太い眉を下げ、心底ほっとしたとばかりに息を吐く。

と、そこでハッと我に返った。いま、自分が誰の前にいるのか思い出したのだ。

神の種族と謳《うた》われ、世界を牽引《けんいん》する竜の一族。

その頂点たる竜王は、まさに雲上人。

挨拶以外の発言が許されていない状態で、勝手に言葉を発するなど言語道断。

急いで謝意を示し平伏をとるが、一瞬見えた竜王の表情は芳《かんば》しくなかった。

紅玉の煌《きら》めきさえもしのぐ瞳を歪《ゆが》め、ほんの少し不機嫌そうに眉があがる。

漂う魔力にも、不穏なものが混じっていた。

ダダンは怯《おび》えのあまり歯の根が合わず、ガタガタと横に肥えた身体《からだ》を震わせた。上位種族のプライドの高さは、商家という仕事上、嫌というほど理解しているがゆえの恐怖だった。

「……彼が、世話になっていたという商人なのか？」

「はい。ライナス商会は北の大陸でも一、二を争うほど大きな商家で。ダダンさんには、私から無理を言ってお仕事をいただいておりました」

「…………そうか……」

同大陸の馴染《なじ》みに会った気安さからか、ミレーユの口調は普段よりも柔らかく、カインの不穏さが増す。同時に、ひぃいいぃと、ダダンの恐怖も一層増した。

後ろに控えていたナイルがそっと諭す。

「竜王陛下、相手が男性であることが気に入らないからと、そのような負の感情をお出しにならないでください。御狭量ととられますよ」

「奇遇だな。私も最近自分が広量でなかった事実に気づいたところだ」

子供じみた受け流しを、威厳ある態度で言う竜王に、ダダンは少し冷静になった。

まだ事態をうまく呑《の》み込めてはいないが、どうやらすぐさま首を刎《は》ねられることはないようだ。

「ぶ、不躾《ぶしつけ》ながら、お尋ねいたしたく存じます。……なぜ、こちらにミレーユ王女殿下がいらっしゃるのでしょう？」

心当たりがあると言えば、花嫁衣装の受注の件だ。

しかし、その腕を見込まれ針子として正式に登用された――とは考えにくい。

ミレーユの名は偽名で登録されたもので、彼女に結び付く情報はダダンしか持ち合わせていない。

そもそもこの件はミレーユ本人にすら正式に伝えられぬまま、彼女と連絡が取れなくなってしまっていた。どれだけ頭をひねっても、竜王が治めるドレイク国と、齧歯族《げつしぞく》の姫であるミレーユとの関連が分からない。

ダダンの疑問に答えたのは、さきほど竜王を窘《たしな》めた、高く結いあげられた銀髪が美しい女官長だった。竜王の血筋であり、ドレイク国でも指折りの強さを誇る王の側近の一人。

彼女もまた、ダダンにとっては殿上人。

遠くからの拝顔は何度かあったが、直接言葉を交わしたのは初めてだ。

ナイルは鋭利な美貌を崩さず、簡潔に要旨を述べた。

それによれば、竜王の婚約者こそがミレーユであり、花嫁である本人に針子などさせられない。ついては受注した依頼は他の者に回してもらいたい、と――。

「は……はぁ？　ミレーユ王女殿下が、竜王陛下の婚約者様……と？」

ダダンは啞然《あぜん》としたまま、加齢で広がった額に手をあて、ナイルの説明をいま一度反芻《はんすう》する。

ライナス商会を一代で広げた手腕からも、理解力はけっして低い方ではないと自負していたはずが、思わぬ出来事の連続にうまく整理がつかない。

「そうはおっしゃいますが、竜王陛下のお相手は十年前にご婚約が成されていたとお聞きしております。ミレーユ王女殿下とは八年来のご厚誼《こうぎ》を賜っておりますが、そのようなお話は一度も……」

グリレス国には何度も足を運んでいる。竜王との婚約話など民からはもちろん、本人の口からも聞いたことがなかった。

なにより、グリレス王の取り巻き連中は、婚約者のいないミレーユに対し『行き遅れの姫』と公言してはばからなかった。心無い言葉に、他種族ながら何度荒立ったことか。

それが実は竜王と婚約関係にあったと言われてもあまりに突拍子もなく、にわかには信じがたい。

「周知されなかったのは私の失態だ。こちらの慣習でことを進め、ミレーユにもグリレス国にもきちんとした説明をしなかった」

いまは正式に婚約関係にあることを告げられ、ダダンは驚きつつも深く頷《うなず》く。

「そうでございましたか……。確かに両国では、国体も既存秩序も大きく異なりましょう」

「理解が得られたところで本題に戻るが、ミレーユへ依頼するはずだった花嫁衣装、他で請け負えるか？」

納得すると同時に、突きつけられる竜王からの王命に、なぜ自分が召喚されたのか、その理由にやっと気づいた。

「こちらが請け負ったあの量を……他の者に、でございますか……」

ダダンはただちに頭をフル回転させ、計算を巡らせた。

しかし何度試算しても、すべての伝手《つて》を当たり、総動員をかけたとしても、竜王の望む結果は算出できなかった。

「……恐れながら申し上げます。わたくしが今回のご依頼を承ったのは、ミレーユ王女殿下がいらっしゃったからこそでございます。ドレイク国の紋章は高度な技術が求められます。扱う物も最高級生地に金糸に銀糸、多種多様な色糸を使用する繊細な手作業。金糸や銀糸は扱いが難しいことを考慮しても、並みの針子では期日内に納めることは不可能でございます」

ドレイク国の花嫁衣装は、世界一美しく、そして豪華絢爛《ごうかけんらん》。

本来なら一枚を仕上げるにも時間がかかる品を、夏至の日までに仕上げるのは至難の業だ。

「現に、他の商会は求められる質と量、納期にしり込みし、受注を制限いたしました」

名のある商会が一堂に集められたが、ライナス商会よりも大口の受注を引き受けられた商会は皆無。

支払われる依頼金は膨大だったが、相手は神の種族ドレイク国だ。もし不備でもあろうものなら今後の運営が危うい。そう考え、慎重になる商会がほとんどだった。

「その中でわたくし共がご依頼をお受けできたのも、ミレーユ王女殿下の腕があってこそ。とても他の者では務まりません」

不可能を可能にする術《すべ》はなく。ここで誤魔化しの言葉を紡いでも、自分の首を絞めるだけ。

ならば、せめて誠心誠意をもって謝罪するしかないと、ダダンは汗に濡《ぬ》れる額を地面に擦《こす》りつけ、頭を下げた。

✿✿✿

叩頭《こうとう》するダダンの姿に、カインはさてどうしたものかと王座のひざ掛けに頬杖《ほおづえ》をつく。

ふとナイルに視線をやると、彼女の空色の瞳には色濃く諦めの色が浮かんでおり、参内する前からダダンの謝絶を予期していたことが窺えた。

カインとしては、まさかミレーユが母国で針子として仕事を請け負っていたなど初耳だった。このままでは花嫁衣装の準備が整わないことも、ダダンの登城を受けてさきほど知ったばかりだ。

報告を受けていないことをナイルに問い質《ただ》したが、返ってきた言葉は辛辣だった。

『お伝えしたところで、なにか解決いたしますか？　解決どころか、貴方様《あなたさま》はこちらの意に反する言動をおとりになる。それが分かっていながら、なぜ報告いたしましょう』

なんだその断言は!?　と、憤ったが、気遣わしげなミレーユの瞳にその場は言葉を抑えた。

（こうなると、いよいよ夏至の日までに婚儀が挙げられるか難しくなったな……）

親は行方不明、花嫁の衣装は期日までに作製不可能。

しかし前者はともかくとして、後者については是が非でも婚儀を急がせたいカインの都合で陥った事態だ。

婚儀を来年以降に延ばせば、他の商会も受注を請け負い、問題はすぐにでも解決するだろう。

だがそれだけは困る！　延期だけは、どうしても回避したかった。

かといって、ミレーユの花嫁衣装を減らすわけにはいかない。

ジレンマに、カインの深紅の瞳が吊《つ》り上がる。

さて、どうしたものかと苦慮していると、横に佇《たたず》んでいたミレーユが口を開いた。

「あ、あの……カイン様。どうか当初の予定通り、私に衣装の手伝いをさせていただけないでしょうか？」

その申し出に、当然カインは首を横に振った。

「君は花嫁だぞ。そんなことはさせられない」

「お気遣いいただいていることは承知しております。ですが、せっかくのご依頼を破棄したとなれば、ライナス商会にとって大きな痛手となります。今後の取引にでる影響も、けっして小さくはありません」

ライナス商会が北の大陸で有名だといっても、しょせんは下位種族と中位種族ばかり。上位種族が治める南の大陸ではたいした知名度はない。

それを、今回どの商会も逃げ腰だったドレイク国からの大口の受注を一手に引き受けたのだ。

これが失敗したとなれば、今後ライナス商会が南の大陸に進出することはほぼ不可能となる。

「ダダンさんは、古くから私の無理を通してくださった方です。今回のお仕事も、私が次の冬を見越し、燃料代を工面したいことをご存じで引き受けてくださったのでしょう。そのご厚意を無下にはしたくありません。なにより――」

ミレーユはいったん言葉を切ると、慇懃《いんぎん》な姿勢を少し崩し、頬を赤らめてほほ笑んだ。

「自分の花嫁衣装に携われるなんて、なんて幸福なことでしょう。少し前までは考えもいたしませんでした」

少し照れたような笑みで、細い指を胸元に置く。本人は無意識なのだろうが、その位置にはミレーユ自身には見ることのできない竜印が刻まれていた。

「きっと、一針一針さす時間は、私にとってかけがえのない思い出となります。どうか、その機会をお与えいただきたいのです。……ダメ……、でしょうか？」

ミレーユは懇願するように上目遣いでカインを見つめた。

図らずも、ルルが提案した体勢になっていることに気づかずに。

婚約者からの懇願に、カインはその紅潮した頬に触れ、すぐさま承諾を口にした。ほぼ条件反射だった。

「ミレーユが望むことなら、なんでも叶《かな》えよう」

「！　ありがとうございます……！」

もちろん竜印は発動し、指は黒く炭化したが、そんなものはフル回復でどうとでもなる。

指に走る竜印の灼熱《しゃくねつ》よりも、ミレーユのほほ笑みを堪能していると、額に青筋を浮かべ、口元を引き攣《つ》らせているナイルと目が合う。右手には、風の術を繰り出そうとしているのが見えた。

『貴方様はこちらの意に反する言動をおとりになる』

(――――ああ、なるほど。こういうことか)

ナイルの指摘をいまさら悟ったところで後の祭りだ。

ぱぁああと、喜びを露《あら》わにするミレーユを前に、前言撤回などできるはずもない。

「では、さっそくダダンさんと打ち合わせを……」

了承を得たことで緊張が解けたミレーユは、嬉々《きき》としてダダンを振り返った。

しかし、

「ダダンさん!?」

一連のやり取りを見守っていたダダンが、感極まったとばかりに泣いていたのだ。

それも涙が滲《にじ》むような可愛《かわい》らしいものではなく、号泣だ。

「え……、ど、どうされました?」

ミレーユは慌てて壇上を降り、ダダンのもとへ駆け寄った。

てっきり問題が解決したことへの安堵《あんど》の涙かと思えば、どうやら違ったようで。

「良き方と巡り合えましたことと、このダダン、心よりお祝い申し上げます！　初めてお会いしたとき、まだ十歳だったミレーユ王女殿下がご結婚とは……ぅう、感無量でございます……っ！」

ダダンは嗚咽《おえつ》で声を詰まらせながらも祝辞を述べ、滂沱《ぼうだ》と涙を流した。

「いくらお国のためとはいえ、ミレーユ王女陛下が独り身であられることに胸を痛めておりましたが、このようなご縁があったとは！」

「――それは。貴公から見ても、ミレーユの母国での処遇はよくなかったということか？」

「ッ?!」

感動に打ち震えていたダダンに、まさかの質問が飛んだ。

「ミレーユも、さきほど冬の燃料代がどうとか言っていたが……。そもそも、なぜ君がそんなものを工面しなければならない事態に陥ったんだ？」

こちらの質問は、ミレーユに投げかけた。

「一国の王女がそんなことを心配し、あまつさえ工面に奔走するなどありえないだろう？」

「そ、それは……」

ミレーユにとって冬の支度は日常茶飯事、そこまで深く考えずに口に出してしまった。

我が身の短慮を悔やんでいると、ダダンがコホンと咳《せき》ばらいをし、静かに答えた。

「恐れながら、異種族のわたくしの身分では、他国の王女殿下のことをお話しするなどとても……」

「君の知る範囲でいい。第三者の視点から話を聴いてみたい」

カインの引くことのない姿勢に、ダダンは逡巡《しゅんじゅん》した。

さきほど竜王の命に対し「できぬ」と拒否した手前、次は断るわけにはいかないことを理解しているのだ。

けれど、カインが考える以上に、ダダンの口は堅かった。

「……わたくしも、世界を渡り歩く商人でございます。竜王陛下のご威光は十分理解しております。発言を求められたのなら、答えるのが道理。……ですが、我が商会がここまで発展できたのも、ミレーユ王女殿下の助力があってこそです。恩義ある方の情報をご本人の許可なくお話しするわけにはまいりません……。どうかご容赦ください」

ためらいがちではあるが、それはれっきとした回答拒否。

カインとしては、ダダンが竜王の威光よりも、ミレーユへの忠誠を取ったことは意外だった。

北の大陸はやたらと女性を軽視する傾向が強い。ミレーユを慕う民ならともかく、ダダンは異種族。狸の末裔である彼から見れば、姫とはいえ齧歯族は下位だ。

内心、彼からも軽視された扱いを受けていたのではないかと危惧していたが、どうやら取り越し苦労だったようだ。

「そうか……。では質問を変えよう。君が言う恩義とは、どういったものだ？」

「お、恩義などと、そんな大層なものではございません！」

とんでもないとばかりに、ミレーユが壇上の下からフルフルと首を振る。

これに、いち早くダダンが否定した。

「大層なことでございます！　あのときミレーユ王女殿下がお力を貸してくださらなければ、商会の運営どころか命まで危ういところでした！」

ダダンが言うには、話は約八年前に遡る。

当時、北の大陸に拠点を置いた商いは軌道に乗っていた。仕事は順調で、遠く離れた大陸からも仕事が舞い込む。

そんなとき、西の大陸からある依頼が飛び込んできた。

西の大陸でも有名な種族の一つ、狼族《おおかみぞく》の王家から、近々産まれてくる皇子のためのスワドルを所望されたのだ。

狼族は中位種族に含まれるが、その力量から上位種族に近い存在だ。

しかも、今回は多産系の家系でありながら、なかなか子宝に恵まれなかった王家待望の第一子とあって、その想《おも》いの熱量は大きく、求められる質も高かった。

ダダンはさっそく腕の立つ針子に依頼し、何枚かの献上品を用意させた。

数カ月をかけ仕上げられたそれは、宝石をふんだんに使用し、上位種族に献上しても恥ずかしくない仕上がりだった。

――しかし、ことが順調にいったのはここまで。

品を納めるため馬車を走らせていた道中、ダダンたち一行は盗賊に襲われ、献上品を含んだ積み荷がほぼ奪われてしまったのだ。

盗賊たちは血気盛んな有鱗族《ゆうりんぞく》の若者たちだった。護衛はつけていたが、多勢に無勢。抗《あらが》うこともほとんどできなかった。

やっとのことで命からがら逃げおおせたが、残ったのは少しの積み荷のみ。これではどうしようもない。いまから新たに作り直させるにしても、時間が足りない。

このままでは信用はガタ落ち。積み上げ、勢いづいた商会運用も風前の灯火《ともしび》だ。

いや、それ以上に危惧すべきは、狼族の依頼を完遂できなかったことへの報復だ。

狼族は闘争心が強い種族。顔を潰されたとなれば、命すら危うい。

かといって、現状どうすることもできず。仕方なく態勢を落ち着かせるためにも、一番近い国に立ち寄った。

それが齧歯族の治める国、グリレス国だった。

初めて訪れた国だったが、ダダンは優秀な針子がいないか聞きまわった。せめてなにか状況を打開できる策を模索しなければ、精神が持たなかったのだ。

質素な建物が立ち並ぶ大通りを抜け、細い路地裏に入ると、小さな黒髪の幼女がダダンの顔を食い入るように見ていた。

「ルル、どうしたの？」

幼女の後ろには、彼女よりもいくつか上の少女がいた。連れてこられたのか、手を引かれ、不思議そうな顔で首を傾《かし》げている。

「この人です。この人が、つくってほしいものがあるって、みんなにきいてまわってたんです」

「え？」

多くの者に訪ねて回ったせいか、それを聞きつけてやってきたようだ。

しかし、幼女と少女ではダダンの望みは叶わない。

「はじめまして、旅のお方。なにかお困りでしょうか？」

少女は大人と話すことに慣れているのか、臆する様子もなくダダンに問いかけてきた。

お前では話にならないと、無視してそのまま去ってもよかったのだが、見た目の年のわりに落ち着いた雰囲気をもつ少女の透き通った瞳を見つめていると、なぜか心が安らぐ。

ささくれ立った心に清水が流れ込んだような気持ちで、気づけば少女になにもかも打ち明けていた。まだ年のころは十歳かそこらの少女に。

最後まで話すと、少女は気の毒そうに瞳を伏せた。

「そうでしたか……。それは災難でしたね。この辺りは、二年前に終結した有鱗族と鳥綱族《ちょうこうぞく》との戦争の名残で、あまり治安がよくないのです。兵の残党が夜盗となり、裕福そうな商家を襲撃する話はよく聞きます。とくに、海岸沿いの大型船に乗り込む前の商家を狙うそうです」

ダダンは、まさにその通りの狙いどころだった。

この辺りは下級種族の中でももっとも下の種族ばかりと高を括《くく》り、情報収集を怠ったのが致命的な結果をもたらしていた。

（それにしても、周辺の情勢について詳しい子だ……）

飾り石一つない質素な装いは、ダダンの国では平民が着るもの。貴族には見えない出《い》で立《た》ちだが、教養のある子供だと感じた。

いったいどういった少女なのか。

少し興味がわき、マジマジと少女を観察していると、彼女が一つの提案を口にした。

「スワドルでしたらよく仕立てます。私の腕では、お眼鏡にかなう品が用意できるかはわかりませんが、明朝までお時間をいただければ、いくつかご用意できるかと」

「！」

願ってもいない申し出に、絶望で心が弱っていたダダンは藁《わら》にも縋《すが》る思いで頼み込んだ。

少女は、ダダンが死守した木箱からいくつかの布地を選ぶと、時間と場所を告げて去っていく。

しかし、時間を置き冷静になれば、少女が狼族に献上できるほどの品を用意できるとは到底考えられなかった。

礼儀正しい娘ではあったが、齧歯族の困窮ぶりは聞き及んでいる。

渡した布地には、高級な絹も含まれていた。

（きっと、あれが返ってくることはないだろうな……）

その晩、狭く鄙《ひな》びた宿屋で横になったダダンは、齧歯族の娘に縋った己を悔い、そしてすべてを諦めた。

けれど、ダメもとで取り決めた場所にいけば、すでに彼女は待っており、その手には五枚のスワドルがあった。

そのうちの一枚を手に取り、ダダンは目を丸くした。

裏地は乳児の柔らかな肌に優しいコットンを使用し、表地は白のビロードに狼族の国花である白《しら》百合《ゆり》と、濃紫糸で施された剣の紋章。護符として用いられる草木の連続模様は狂いのないシンメトリー。縁取りには、飾り玉が雫《しずく》のように垂れさがる。

宝石も煌びやかなビーズもついていないが、だからこそ誤魔化しのない腕の良さが際立っていた。

他の四枚についても遜色ない美しい出来で、これならば命が繋《つな》がると確信できる品だった。

ダダンは少女に礼を言うと、残っていたありったけの金銭を渡した。

少女はひどく驚いて固辞したが、こちらは命を奪われる覚悟さえした身だ。いまさら惜しいものなどなにもない。押し付けるようにそれを渡すと、さっそく西の大陸へと急いだ。

約束の期日をとうに過ぎていたため、王は大層憤怒を露わにしたが、盗賊に襲われてなお、品を届けたことに情状酌量の余地を得ることができた。

少女から受け取った五枚のスワドルを差し出すと、最初に歓声をあげたのは王妃だった。

絹に浮かび上がる国花と紋章は力強く、サテン縫いがされた草木の葉脈はまるで色糸が流れるようで、ステッチの美しさが映える。

見栄えもさることながら、なにより喜ばれたのは、スワドルに包まれた王子がすやすやと静かに寝入ったことだった。

怒りを発していた王ですら涙を浮かべて喜ぶ様に、ダダンの方が驚いた。

聞けば、早産で生まれた王子は、朝も昼も晩もなく泣き続け、すでに三人の乳母が倒れていた。泣きわめくのにも体力がいるというのに、王子は乳もうまく吸えず、このままでは生命すら危うい。そんな焦りに苛立《いらだ》っているところだったという。

王の怒りの理由は納期の遅れではなく、王子の心配からきていたものだったのだ。

その証拠に、穏やかに眠る我が子に王は喜び、当初の数倍の依頼金を支払ってくれた。


「わたくしはすぐさま受け取った金貨を持ち、ミレーユ王女殿下のもとを再度訪れました。もちろん、このときはまだその出自も知らず、腕の立つ針子に出会えた奇跡に感謝しておりました。まさか、醤歯族の姫だったとは思いもせず……」

ミレーユはあまりにも市井に馴染んでおり、とても王女には見えなかった。

話し方や礼儀作法から育ちの良さが垣間見《かいまみ》えても、服装がすべてを隠している。貴族のお忍びスタイルなどと表現するにしても清貧すぎた。

「そのお立場から、再度の依頼は無理かと諦めましたが、逆に喜んで受けてくださり、本当に助かりました」

当時を熱く語るダダンに、ミレーユも同調する。

「私の方こそ感謝しております。ダダンさんからいただいた報酬金で孤児院の屋根を修理することができましたし、冬支度に困ることも少なくなりました。母国の商家では、あのような高額の謝礼は逆立ちしても用意できませんもの」

感謝を込めてほほ笑むミレーユに、カインの心は複雑だった。

（孤児院の屋根の修理？　冬支度？　それは君がどうにかすることではないだろう……）

そう言いたかった。

返す返すも悔やまれるのは、ミレーユのことをきちんと話さず、竜王の儀式に入ってしまった己の咎《とが》。どこの誰かきちんと説明していれば、自分が儀式に入っている間も、ゼルギスとナイルが国の総力をあげてミレーユの身を守っていただろう。金銭的な心配などさせることはなかったはずだ。

後悔に打ちひしがれるカインの無言には気づかず、ダダンは言葉を重ねた。

「我が商会が北の大陸で一、二と呼ばれるようになったのもミレーユ王女殿下の功績があってこそです。どうか、さきほどのわたくしの安易な発言を、その広い御心《みこころ》でお許しいただきたく存じます」

「…………」

我欲の竜に、広い御心などない。

とくに、花嫁のこととなると針の先で突いたほどもないと豪語できる。

（ミレーユの情報を得るつもりが、結果として己の不甲斐《ふがい》なさを痛感しただけか……）

そんなカインの焦燥感が伝わったのか。

ダダンは少々言いづらそうにミレーユを一瞥《いちべつ》すると、意を決したように口を開いた。

「しかしながら……、これだけはお伝えさせていただきたい。ミレーユ王女殿下が嫁がれるとならば、早急にグリレス国王を挿《す》げ替えることをお勧めいたします」

「え……」

思ってもいなかったダダンからの忠告に、ミレーユは戸惑いの声をあげた。

「このさいハッキリ言わせていただきますが、あの国はミレーユ王女殿下の努力によって保たれていたに過ぎません。いまのグリレス王お一人のご器量では、とても民衆はついていかぬでしょう。齧歯族の平民に魔力の高い者はおりませんが、烏合《うごう》の衆《しゅう》も束になってかかれば、王家に甚大な被害をもたらしましょう。――そうなる前に、次の王をたてるべきです」

ダダンはミレーユの母国での処遇については黙秘を主張したが、その実、想起として語った言葉にはありありと彼女の苦労が表れていた。

ミレーユの意に反することは口にしたくない。

けれど、彼にもグリレス王に思うところがあるのだろう。直接的な表現を避け、間接的に述べた彼の意図は、カインにも十分に察せられた。

「彼の意見は一理あるな」

「カイン様……」

「翳歯族の年齢から見ても王座の譲渡は妥当だろう？　私も竜族の年齢からすれば若すぎる継承だったが、生前退位は後の混乱を最小限に止《とど》めることができる」

本心を覆い隠し、慈愛に満ちたほほ笑みで、ここぞとばかりにグリレス王の退位を進めた。

下手な小細工をせずとも、竜王の力があれば、王位の剝奪など一瞬だ。命を奪うことすら容易《たやす》い。

しかし、カインがそれを行えば、ミレーユは一生引きずるだろう。

王位を剝奪するにも、それなりの理由が必要だ。

ならば、この流れに乗っからない手はない。

「確かに父はすでに翳歯族の平均寿命を超えた年です。ちょうど兄にも連絡を取りたいと思っていたところではありますが……」

これに、カインは首を傾げた。

「兄……？　それは系譜から外れた婚外子のことか？」

「いいえ、母を同じくする直系です」

「……君の兄上は、名をなんというんだ？」

「？　ロベルト、と」

不思議そうに問うカインに、ミレーユの不安が募る。

そして、次に発せられたカインの言葉に、なぜ彼がこうも訝《いぶか》るのか理解した。

「……ロベルト。その名は、系譜から削除されていた名だな」

「――――え？」

カインが確認したグリレス王家の系譜では、彼の名は二重線によって消されていた。

そう何気なく口にすると、ミレーユの細い身体が震え出す。

「お兄様の名が……？　そんなっ……まさか、逝去されて……？」

ミレーユとて、おかしいと思わなかったわけではない。

ロベルトは今年で二十歳になる。齧歯族の年齢なら、本来妻を娶《めと》り、子供がいてもおかしくない年だ。だというのに、国を出て以来一度も帰国せず、手紙もこない。

だが、それはただ父が王位を譲ることを拒んでいただけだと――――。

「そんな……」

絶望にミレーユの唇が震える。カインは慌てて言い繕った。

「いや、系譜から消えているだけで、亡くなったと決まったわけではない！　すぐに所在を調べさせる！」

ミレーユの兄が王族に相応《ふさわ》しくない行いをしたというならば話は別だが、本来、死去でもしない限り系譜から削除されるなどありえない。

それでもカインはありえない方の確率の方が高いと踏んだ。

グリレス王の矮小《わいしょう》な性格は、この目で見て知っている。

ミレーユの兄が母親に似ているのならば、害意をもって除籍したと考える方が自然だった。

兄の驚愕

その要塞は、北の果てにあった。

辺りは一面銀世界。

厚い雲が空を覆いつくす曇天の下、今日も解けることのない雪が大量に降り積もる。

ここより山を三つ越えれば、すべての生命を凍り付かせる酷寒の大地。

まさにこの要塞は、生命が活動できるギリギリの範囲。生と死の境目ともいえる場所だった。

「くそっ……もう、この腕も駄目か……」

もう動かせぬ右手を見つめ、グリレス国長子、ロベルトは舌打ちする。

袖をめくると凍傷で黒色化が進んだ右腕は腐敗が始まっており、すでにその機能を失っていた。

こうなれば、腕を切り落とすしか術《すべ》がない。

「……死に繋《つな》がるよりはマシか」

だが、ロベルトにはどうしてもその決断ができなかった。

右腕が惜しかったわけではない。それよりも、もっと気にかかるのは――。

（ミレーユに再会したとき、この腕を見られれば嘆かれるな……）

そう思うと、このまま放置すれば命を縮めることになる右腕でさえ惜しい。

はぁ……と深いため息をつくと、慌ただしい声が扉の開閉と共に入ってきた。

「ロベルト様っ！」

入室したのは、北の要塞を守る部下であり、従者の一人だった。

「なんだ、騒々しいな。また夜盗でも出たか？」

「いえ、夜盗ではないのですが……、それよりも厄介な気が……？　いえ、吉報なのかもしれませんが……いや、でも⁇」

要領を得ない説明に、ロベルトは訝《いぶか》しがる。

「少し落ち着け。何があったんだ？」

「えっと……ですね……」

従者は深呼吸すると、今度は一息でまくし立てた。

「ミレーユ様のご結婚先が決まったそうで。その使いの者とおっしゃる方が来訪されております」

「は？……ミレーユが結婚？」

本来、祝い事であるはずの報告。

しかし、ロベルトは盛大に眉間に皺《しわ》を寄せ、憎々し気に吐き捨てた。

「あの耄碌《もうろく》ジジイがっ！　あれほどミレーユの婚姻を勝手に決めるなと脅したというのに……！」

怒りのままに、左の拳をテーブルに叩《たた》きつける。穏やかそうな風貌が、一瞬で憤怒の形相となった。盗賊相手にしか見せない彼の激昂《げきこう》に、従者は驚きながらも意見した。

「そうはおっしゃいますが、ミレーユ様も今年で十八歳です。このお年で未婚でいらっしゃる方が問題ですよ」

「あのジジイが、ミレーユの相手にまともな男を選ぶと思うか!?」

「それなんですが……、そのお相手というのが、使者の方がおっしゃるにはドレイク国の王様だそうで……えっと、竜王様？　らしいのですが……」

従者自身もよく理解できていないのか、やたら首をひねっている。

「……なにを言っているんだ。ドレイク国というのは、上位種族の頂点、竜族が治める大国の名だぞ。世界の始まりの種族、その王は現人神《あらひとがみ》も同義だ。おいそれと口にするのも不敬だというのに、なんの冗談を……」

「ですが、使者の方が竜族なのは間違いないと思いますよ。あんなことができる種族など、この大陸にはいらっしゃいません。窓から外を見てください」

口で説明するよりも早いとばかりに、彼は採光のためだけに付けられた小窓を指で示した。

「外になにが……」

言われるままに視線をやると、その目を大きく瞠《みは》る。

辺り一面、雪に支配されたいつもの風景が広がるはずの窓外には、あるはずのない道ができていたのだ。

大きめの馬車が通れるほどの幅。両側には、道を挟むように雪の絶壁。まるで神の手によって、その部分だけが切り取られたかのような光景だ。

「バカな……っ！」

半時前まで、確かに雪で覆われていたはずだ。

それがいまやきれいに解かされ、乾いた地面まで見えている。

ロベルトがこの地に移って以来、雪が解けた地面など一度たりとも目にしたことがない。

「従者の方がおっしゃるには、ちょっと邪魔だったから解かしたそうです」

「……は？」

軽く成人男性の二人分の高さはある積雪だ。ちょっと邪魔で解かせる量ではない。

「それでですね、とにかくロベルト様に至急ドレイク国へ来ていただきたいと。ミレーユ様がお待ちになっておられるので、是が非でも早くと！」

「ち……、ちょっと待て」

いったいなにが起こっているのか。

理解できず、ロベルトはただ啞然《あぜん》とするしかなかった。

再会

ロベルトが通された場所は王座の間ではなく、歓待の間といわれる、親しい客人を迎え入れる部屋だった。

ここまで案内してくれた使者は「こちらの部屋では、堅苦しい挨拶はすべて省略されます。どうぞくつろぎながらお待ちください」と告げるなり、姿を消した。

「くつろげと言われても……」

見上げれば巨大な天井画とシャンデリア。壁にかけられている総金糸のタペストリーは、目を刺すほどに眩《まぶ》しい。棚には、宝石で彩られた銀の調度品が目に入る。

「どう、くつろげと？」

思わず本音が零《こぼ》れた。

純白と金糸で施された緻密な花《はな》刺繍《ししゅう》が浮かぶベルベットの長椅子を見つめ、ロベルトは立ち尽くす。とても座る気になれない。

この長椅子一つで、北の要塞の数十年分の食料と燃料費がまかなえそうだ。

そんなことを計算していると、扉の開閉音がした。

大きな扉から現れたのは、採光をあびて輝く金髪と、深紅の瞳が太陽神を彷彿《ほうふつ》とさせる美丈夫だった。

誰に紹介されずとも、一目で彼がこの大国の王、竜王だと分かった。

(魔力に、圧倒される……)

立ち昇るような魔力は、ロベルトに地下に眠るマグマを連想させた。

(すぐさま膝を折り、礼をとるべきなのに、身体《からだ》が動かない……っ)

彼が放っているのは威圧でない。けれど足は竦《すく》み、硬直した身体が小刻みに震える。

「こちらから呼び立てておきながら待たせてしまってすまない」

親しげな仕草で手を差し出される。それに対してもうまく応じられずにいるも、彼は機嫌を損ねることもなく、ひとり言のように呟《つぶや》いた。

「なるほど。顔立ちがミレーユに似ているな」

懐かしい妹の名に、緊張のあまり痺《しび》れすら起こしていた身体が弛緩《しかん》する。

ロベルトの髪は、ミレーユと同じ灰褐色。瞳も黒く、幼いときはよく似た顔立ちだと言われていた。

「あの、妹が……」

「——お兄様!」

本当に、こんな絢爛豪華《けんらんごうか》な国にいるのかと問おうとしたとき、自分の名を強く呼ぶ声があった。

「ミレーユ……」

豪華な衣装に身を包んでいても、すぐに妹だと分かった。

亡き母に似た面差しと、微《かす》かに感じる懐かしい魔力はあの頃のままだった。

「……久しいな」

妹の健やかな姿に、緊張した面持ちだったロベルトの表情が初めてやわらいだ。

「っ、ご無事でなによりでございました……！」

目尻に涙をため、声を震わせるミレーユに、ロベルトは揶揄《やゆ》するように言った。

「なんだ、その顔は。死んだとでも思っていたのか？」

「い、いえ、ただ何度も手紙を出しましたがお返事がなかったので。その……心配しておりました」

「手紙？……そうか。やはり届かなかったか。大方、父上が握り潰したんだろう」

ひゅっと、ミレーユが息を呑《の》む。

なんのために？　そう訝《いぶか》っている表情だった。

ロベルトはそれには答えず、竜王へと向き直ると、恭しく頭を下げた。

「挨拶もせず、大変ご無礼をいたしました。お初にお目にかかります、ロベルト・グリレスでございます。この度はご拝顔の栄に浴し、恐悦に存じます」

「カイン・ドレイクだ。カインでいい。貴方《あなた》は私にとっては義兄になるわけだし、堅苦しいのは抜きにしてほしい」

当たり前のように、彼はロベルトを義兄と呼んだ。

事前に使者から丁寧な説明を受けていたが、竜王の口から聞くと威力が違う。

（本当にミレーユと……？　天と地ほどの種族差を、この方は気にされていないのか？）

率直な疑問が溢《あふ》れるが、対面の場が王座ではなく、客間であること。

そしてなにより、安堵《あんど》に涙を流すミレーユに、すかさずハンカチを差し出している彼の姿は慈愛に満ちていた。

（とはいえ、二人が結婚することと、自分が義兄として振る舞うことは別の話だな）

「過分なお言葉を頂戴し、大変恐縮でございます。ですが――」

どんな縁を結ぼうとも、この世界にはけっして変えられぬ理《ことわり》がある。

それは動物が人へと進化しても変わらぬもの。

弱者は、強者に従う――弱肉強食の掟《おきて》。世界の理だ。

「たとえ貴方様が私の義弟となろうとも、魔力の高い方には敬意を払うのが道理。それに反することはいたしかねます。どうかお許しください」

筋張った断りは、ある種、彼の恩情を撥《は》ねつけるようなものになってしまった。

これが隣国辺りならば、否とすれば無礼だと、諾とすれば社交辞令を真面《まとも》に受け取る痴《し》れ者《もの》だと罵るだろう。

どちらにしても、気分を害されたと因縁をつけられる。

（この回答しかないとはいえ、竜王陛下の機嫌を損ね、ミレーユとの仲に亀裂が生じては事だな……）

やっと再会できた妹の幸せを踏みにじるような真似《まね》はしたくない。

そんなロベルトの焦りをよそに、彼はじっとロベルトを見た後、口元を隠して笑った。

噴き出すようなそれは、けっして嘲るようなものではなく。

「いや、すまない。本当に兄妹だな。ミレーユと同じことを言う」

そう言って、クスクスと笑う。

身に覚えがあるのか、ミレーユは頬を赤く染め、気まずそうに目を伏せている。

「無理に強制するつもりはないが。まぁ、いつかは……」

その言葉はロベルトにではなく、ミレーユに言っているのだろう。

甘さを含んだ、慈愛に満ちた声だった。

亀裂が生じることを心配したが、そんな必要は一切なかったようだ。

甘ったるい空気は身内としては気まずいが、間に入る勇気はない。

なんといっても相手は竜王。そんな猛者《もさ》はいない――と思いきや、その猛者がミレーユの後ろから顔を出した。

「あ、本当にロベルトさまだ！」

「……ルルか？　相変わらず元気そうだな」

肩にかかる黒髪と、好奇心旺盛な瞳は、十年の月日を感じさせないほどにそのまま。それは外見だけなく、中身も同じだった。

「よかったですね、姫さま！　ロベルトさま死んでなくて！」

「ルルっ、しーっ！」

身も蓋もない言い様に、ミレーユが慌てて唇に人差し指を立てる。

「本当に生死を心配していたのか？……まぁ、十年も音信不通では当然か」

「いえっ、違います、えっと、その……」

しどろもどろで言い訳をしつつも、ハッキリとは言わないミレーユに、ロベルトはいくつか当たりを付けた。

（さてはあの耄碌《もうろく》ジジイ、俺を系譜から消したな）

要塞生活で粗雑になった言葉をそのまま伝えるわけにもいかず、ロベルトは気にするなとばかりに手を振った。

「父上が考えそうなことは見当がつく。分かっていたのに、お前への配慮が足りなかった。無理をしてでも、一度くらいちゃんと戻るべきだった。すまない……」

ロベルトは幼いころそうしていたように、慰めのつもりでミレーユの頭に触れようと左手を伸ばす。しかし指先が髪に触れる前に、ミレーユが首を傾《かし》げた。

「お兄様、以前は右利きでいらっしゃいましたよね？　右手をどうかされましたか？」

「――ッ」

できるだけ不自然にならないように振る舞ったつもりだったが、もう気づかれてしまった。

「少し患っただけだ。こんなもの――」

「腐敗しているな」

たいしたことではないと告げようとするも、カインによって途中で遮られてしまう。

「腐敗？……まさか、凍傷ですか?!」

制止する間もなく、ミレーユはロベルトの袖をめくりあげた。

薄手の手袋で隠していたとはいえ、肘にまで到達していた患部は袖をあげればすぐ分かる。

皮膚色を失い、黒く濁った患部に目をやった途端、ミレーユの顔から血の気が失《う》せた。

「そんな……」

震える声は、すでに右腕がその機能を失っていることを察したようだ。

「……カイン様からお聞きしました。お兄様が、ずっと北の要塞にいらっしゃったこと……。なぜですか？　留学されていたのではないのですか?!」

「あそこは軍事境界線だ。実践を学ぶのに、これほど適した場所はない」

どう聞いてもただの詭弁《きべん》だ。けれどミレーユは言い返すことなく。

ただ、ロベルトの右腕に取りすがって、静かに大粒の涙を流した。

ぽたぽたと絨毯《じゅうたん》に落ちる涙の音が、その深い悲しみを物語っていた。

ロベルトは左手で眉間を押さえ、天を仰ぐ。

(ああ、やはりこうなったか……)


長らく会えなかった兄との再会に水をささぬよう、発言を控えていたカインだったが、ロベルトの右手を放そうとしないミレーユの姿に、胸の内にほの暗い衝動が湧き上がった。

(近い!! 実兄とはいえ、近すぎる!)

ミレーユの方から手を握っているのも気に入らない。

「よし、邪魔するか」

カインは大人げなく呟くと一歩踏み出す。が、

「この状況で、よくミレーユ様の兄君にまで嫉妬の目を向けられますね。その嫉妬深さにはもはや敬服いたします」

いつの間にか、後ろにナイルが控えていた。

盛大な皮肉と共に、凍《い》てつく瞳がカインに向けられる。思わず踏み出した足が半歩下がった。

「ナイル……いたのか」

「お茶の準備が整いましたので、ご案内に参りました。ですがその前に、ローラを召喚いたしま

しょうか？」

「いや。あの程度なら、ローラでなくとも」

カインは、妹の涙に困り果てているロベルトの前まで進むと、パチンと指を鳴らした。

その音と共に、ロベルトの右腕を七色の光の粒子が包み込む。

「――ッ!?」

「きれい……」

息を呑むロベルトの横で、ミレーユが思わず呟く。

まぶたの裏に焼きつくようなまばゆい光は、虹石《こうせき》に似ていた。

光は一瞬で飛散し、虹のように跡形もなく消えてしまうが、その美しい光景はミレーユの流れる涙を止めた。

「……腕が……、動く……？」

光の消滅と同時に、右腕が自分の意思のままに動くことに気づいたロベルトが、驚愕《きょうがく》の声を漏らす。

それは久しぶりの感覚だった。麻痺《まひ》するまではあった痛みや、灼熱感《しゃくねつかん》もない正常さ。

すぐに袖をめくり手袋をはずせば、黒と緑に混ざった痛々しい壊死《えし》のあとは一切なく。血管が浮き出た健康的な腕がそこにはあった。

寛解どころか完治したことに、身体よりも脳がついていかず、呆然《ぼうぜん》と立ち尽くすロベルトの横で、ミレーユはすぐにそれが誰の力によってもたらされたものか気づく。

「っ、ありがとうございます、カイン様！」

涙で濡《ぬ》れた瞳を細め、頬を伝っていた雫《しずく》を手で押さえながらも感謝を告げる。

声には喜びと敬慕が込められていた。

「これは……、ミレーユからの好感度があがったか⁉」

自分の思い違いだけではないはずだと、思わずナイルに確認する。

「よくこの状況で、そこまでご自分の欲に忠実になれますね。その欲深さには感服いたします」

またもやナイルの皮肉が飛ぶが、聞いちゃいなかった。

思いがけずあげることができたミレーユからの好感度。

どんどん押し上げていきたいと、握り拳に力を込める。

「これは……、竜王陛下のお力なのですか？　なんとお礼を申し上げてよいか」

いまだ夢か現《うつつ》かという表情ながら、ロベルトが膝をついて謝意を述べる。

と、同時に、バンッと破壊する勢いで扉が開かれ、ドリスがいつにもましてテンション高めに現れた。

「ミレーユ様、お迎えにまいりましたわ！　さぁ、一緒にまいりましょう！」

「え？　お迎え？……あっ！」

ミレーユははっと思い出した。今日が、ドリスとした約束の日だったことを。

ロベルトのことが気がかりで、うっかり忘れてしまっていた。

困った表情を浮かべるミレーユに、普段研究となると視野狭窄《しやきようさく》に陥るドリスも、なにかおかしいと気づいたようだ。

ミレーユの傍らに立つロベルトの存在に気づき、「あら」と小さく声をあげる。

「これは大変失礼いたしました。客人がいらっしゃいましたか」

「ドリス……貴女《あなた》は……」

ナイルが片手で片目を覆う。声には呆《あき》れと怒りが滲《にじ》んでいた。

「せめて部屋で待機するくらいできなかったのですか？」

「ミレーユ様との術の検証の日ですよ！　心を躍らせるあまり、周りなどなにも見えませんわ！」

「貴女の欲念の強さはカイン様と並びますね！」

ロベルトは竜王の前で言い争う二人の女性にしり込みしつつ、小声でミレーユに問いかけた。

「術の検証とは、なんの話だ？」

「はい。実は……」

ミレーユも小声で経緯を話す。

「それは素晴らしい経験をさせてもらえる機会じゃないか。俺のことはいいから行きなさい」

「ですが、お兄様……」

「しばらくはこちらに滞在させていただくことになっている。話はいつでもできるだろう。その間、竜王陛下とお話をさせていただく。――カイン様、よろしいでしょうか?」

ロベルトはカインに視線を合わせると、ゆっくりと伺いを立てた。

彼の意図に気づいたカインは頷《うなず》き、ミレーユにほほ笑む。

「ああ、もちろん。君の兄上は責任をもって私がもてなそう。心配せずに行っておいで。……でも、無理はしないように」

最後をやたらと強調した。

もちろん、ドリスにも念を押すことを忘れずに。


「来て早々、騒がしくて申し訳ない」

女性陣が慌ただしく部屋を退出すると同時に、カインは謝罪を口にした。

「とんでもないことでございます。逆に安堵いたしました」

答えるロベルトの顔は、心の底からホッとしたとばかりだった。

「竜族に嫁入りなど、妹にはハードルが高すぎて肩身の狭い思いをするのではと案じておりましたが、楽しくやっているようで、なによりです」

それが彼の本意であることは、あがる口の端からも伝わってきた。

しかしすぐに表情を引き締めると恭しく胸に手を当て、カインに敬意を示す。

「私の意向を汲《く》み取ってくださり感謝いたします。できれば貴方様とは、ミレーユ抜きでお話をさせていただきたかったので……」

それはカインにとっても同じだ。

正直、会うまではグリレス王やエミリアと同じ系統の者だと厄介だと危ぶんでいたが、取り越し苦労で終わったようで安堵していた。

彼の存在は、グリレス国への打開策に繋《つな》がるかもしれない。

カインは椅子を勧めると、まずは疑問を口にした。

「さっそくだが、ミレーユの代わりに尋ねたい。なぜ一国の長子である君が、北の要塞に送られることになったんだ？」

「それは……」

北の要塞は、兵の中でも末端が赴く過酷な地だ。齧歯族《げっしぞく》の王子が行って無事に済むわけがない。

これは、どう聞いても悪意のある処刑だった。

「ミレーユが真実を知ったときの顔は、見ていられなかった……」

ロベルトの生存報告に安堵したのも束《つか》の間、その所在を知ったミレーユは顔面蒼白《そうはく》になり。そんなはずがないと泣き出した。

その姿が容易に想像でき、ロベルトはバツが悪い思いをする。

「少々……、父の機嫌を損ねる行いをいたしまして……。ですが、こうなることは十分理解した上での行動です。後悔はありません」

「理由を聞いても？」

「申し訳ございません。それは……」

そう告げたきり、閉ざされた口が開く気配はない。

（ロベルトに大きな問題があったとは思えないが……）

気はなるが、彼はきっと話さないだろう。カインは話を変えた。

「右腕のことはあれど、よくいままで無事だったな」

「これは……、少々ごたついた時期がございまして。放置し、悪化させた私の不徳のいたすところです」

「王城ですら燃料代の捻出にミレーユが奔走していたくらいだ。遠く離れた地となれば、まかなうのも大変だっただろう？」

「燃料代？　妹は、そんなことまでしていたのですか?!」

ロベルトが頭を抱える。どうやら知らなかったようだ。

（十年も僻地《へきち》にいれば当たり前か）

「その捻出したものが、君たちの命に繋がっていたのなら、きっとミレーユも喜ぶな」

「知らぬところで、ずいぶん助けられていたのですね……」

もちろん、北の要塞での生活は寒さだけが敵ではない。領域侵害しようとする他国の兵と、食料を狙う盗賊たち。ロベルトの最も重要な責務は、そういった輩《やから》の殲滅《せんめつ》だった。

「使者に聞いた。君が赴いてからは一掃されているらしいな」

敵となるのは皆、齧歯族よりも高位の種族ばかりだ。徒党を組む彼らから要塞を守ることは、口で言うより簡単ではない。

見たところ、ロベルトはミレーユに比べれば魔力総量は高い。それは齧歯族の中でも高い水準だと言えるだろう。しかし、彼より高い種族は星の数ほどいる。

「どうやって殲滅させていたんだ？」

「私は重力操作を得意としております。とはいっても、テーブル一つを動かす程度のもの。攻撃魔術として有用とは言えません。――――ですが、使いようによっては大軍をも仕留めることができます。父はとくに考えもなく、私を北の要塞に送ったのでしょうが」

グリレス王は、ロベルトが盗賊に襲われ、命を落とすと信じて疑っていなかった。

目先のことしか考えられない、あの男らしい浅慮さです、とロベルトがせせら笑う。

「北の要塞は、酷寒の大地に近い場所です。一年中やむことのない雪が降り積もる山の上にございます」

そこまで説明されれば、すぐに理解した。

雪山は、雪崩《なだれ》を引き起こす。ロベルトが重力操作の術を使い、ほんの少し雪を動かせば、いとも簡単に急斜面を滑り落ちていくだろう。

「地形を熟知し、敵の警戒を怠らず、冷静に対処すれば全滅は容易《たやす》いものです」

言いながら、ロベルトは薄い唇に歪《いびつ》な笑みをつくった。

初めてロベルトの顔を見たとき、彼はミレーユによく似ていると思った。

緊張しつつも穏やかな空気を纏《まと》い、顔立ちは柔らかく、誠実そうな眼差《まなざ》し。

だが、実際の彼は守るべきもののためなら、敵を雪で圧死させることなど厭《いと》わない冷酷な一面を持っていた。それは十年で培われた、彼の生き残る術《すべ》だったのだろう。

「なるほど……。この十年、君がただ要塞の守りに従事していただけとは思えないな」

目を眇《すが》め問う。ロベルトは深く頷いた。

「……はい。父では国が持たぬと、十年前に悟り。そのために水面下で動いておりました。しかし、たとえどれほどの大義名分があったとしても、父殺しの罪は重いものです。遠方であることもあり、準備にずいぶん時間がかかってしまいました」

ロベルトに反旗を翻す心づもりがあったことは、カインにとって驚くことではなかった。

国の頂点に立つ者が腐敗すれば、すぐさまそれは挿《す》げ替えられる。

元が動物だった名残か、その行為に躊躇《ちゅうちょ》はない。この考えは、高位種族であるほど顕著だった。

逆に言えば、下位種族の齧歯族だったからこそ、グリレス王はいまのいままで王座に座っていられたのだ。

「ミレーユに、このことは？」

カインの問いに、ロベルトはゆっくりと首を振った。

「妹に背負わせるつもりは毛頭ございません。それゆえに、十年も放っておいてしまったことには、贖罪《しょくざい》の気持ちがありますが……。どうか、このことは内密にお願いします。何があろうとも、貴方様のお手を煩わせるような事態にはけっしていたしませんので」

「いや、この話は私にも無関係じゃない。少し長くなるが、聞いてほしい」

「……はい？」

訝るロベルトに、カインはミレーユとの出会い。

グリレス王とエミリアのこと、すべての経緯を話した。

できるだけ感情を抑え、端的に説明したつもりだったが、ときおり顔色を白や青に変えるロベルトの心境に考慮し、一通りの説明をし終えるには半刻以上の時間を要していた。


「――――あの馬鹿どもが……ッ！」

終始黙ってカインの話を聞いていたロベルトだったが、聞き終わった彼が最初に発した言葉は粗雑なものだった。だからこそ、偽りのない本音が零れたともいえる。

俯《うつむ》き、拳を握りしめてなお怒りで震えている彼の姿からも、どれだけ危険な橋をミレーユに渡らせ、国を危機に陥らせようとしていたのかがありありと伝わってくる。

虎族という隣人が近くにいるためか、「どこの種族も、実はこんなものなのか？」と首をひねっていたカインも、これには少し安堵した。

ロベルトはしばし沈痛の面持ちで黙していたが、やっと呼吸を思い出したかのように深い息を吐き、頭を下げた。

「心より謝罪申し上げます。まさか、そのような事態になっていたとは……」

「いや、正式な婚約に至るまでの私の行動が短慮だったことは事実だ。だが、それにしてもミレーユへの扱いは許せない。グリレス王は昔からああなのか？」

「お話を聴いた限りではまったく変わっておりませんね。父は齧歯族の負の面をすべて併せ持ったかのような男ですから。……カイン様は、齧歯族という生き物をどこまでご存じでしょう？」

「どれほどと問われると困るな……。ある程度理解したつもりではいたんだが、どうやらまだ上澄み程度のもののようだ。この前も、番に対する価値観の違いに驚いた」

そのときのことを話すと、ロベルトは苦笑した。

カインとしては、番以外の女性を囲う意味が分からなかったが、齧歯族の彼の見解は違うようだ。

「短命な下位種族ほど、子孫を増やすことに意義を見出《みいだ》します。齧歯族はその最たるものでしょう。いわば、繁殖くらいしか勝るものがないのですよ」

これに、カインはムッとする。彼にそのつもりがなくとも、まるでミレーユが子を生《な》すためだけの道具だと言われているようで不快だった。

カインの憤りを察したかのように、ロベルトが自嘲気味な笑みを零す。

「妹のことをそんな風に思ったことはありません。ですが、齧歯族を端的にお伝えするならば、数でしか勝負することができない劣等した種族、と言わざるをえません」

祖先の力を引き継いで人へと進化したロベルトたち齧歯族は、他の種族に比べて生命力が低く、力もない。

国土にしてもそうだ。六割が山、三割が極寒の地、居住が可能なのは残り一割のみ。

下位種族は、そんな不毛な土地に住むしか居場所がなかった。

「我々には、下位種族の劣等感がいつも付きまといます。とくに世界種族会議で他種族を知る王族ほど、その傾向は強くなります。会議に出席すれば、その力の差を歴然と見せつけられますから」

それはけっして変えることのできない現実であり、卑屈へと繋がる。

そして、それらはすべて一つの場所へ帰結した――同族嫌悪と、軽視だ。

「父にとって、その対象はミレーユでした。ミレーユは、父にとっては異端であり、忌み子でしたから」

「ふざけるな！」

怒りをむき出しにして、カインが詰める。

憤怒の魔力が辺りを包み込むが、ロベルトに恐怖はなかった。

これがミレーユを想《おも》うがゆえだと思えば、恐怖すら心地よかった。

「ミレーユが鬶歯族から見て、変わっているのは事実です。なぜ自分は下位種族に生まれたのだろうという劣等感を持つ中、ミレーユだけは違いました。あの子は、自分の能力の低さを卑下しても、だからといって生まれのせいとは考えない。ただ純粋に、己の力不足だと信じて疑わず、それが鬶歯族だからという卑屈さには直結しないのです」

ただひたむきに自分を磨き、民に尽くそうとする。ロベルトが知る十年前のミレーユはそんな女の子だった。

そしていまもそれが変わってないことは面差しからも分かる。

「混じり気のない、一族への愛情は誰もが持てるものではありません。父は向上心など欠片《かけら》もない男です。そういう手合いからすれば、ミレーユのような存在はさぞかし目障りだったでしょう。ミレーユを見るたびに、自分の卑屈さや狭量さを思い知るのですから」

「その分エミリアに愛情を注いだのか。――いや、あれは愛情ではないな」

「はい……、おっしゃる通りです。エミリアが特別な存在であればあるだけ、自分もまた特別だと思い込める。エミリアは、父の体のいい逃げ道でした」

グリレス王はエミリアに自分の姿を映し、依存することで己の権威を高めた。

鬶歯族にとって、癒しの力は神にも等しい。たとえそれが高位種族から見れば取るに足りないものだとしても、下位種族からすれば十分な価値がある。

「正直、私の懸念はミレーユよりもエミリアでした。あれは母の教えを受けず、私たちとも離されて育ちました。もちろん、それを理由に、毒の件についてご容赦願いたいわけではございません。ただ……」

苦々しそうに、ロベルトが言葉を切る。

カインからすれば、エミリアがしたことは到底許せることではないが、ロベルトにとってはどちらも血の繋がった妹。注ぐ愛情に差異はないのだろう。

しかし、そうではないと、ロベルトはまるで懺悔《ざんげ》するような口調で言った。

「これは愛情ではなく、罪悪感です」

「罪悪感？」

なぜそんなものを、彼が感じる必要があるのか。

「あのまま父の庇護《ひご》下《か》で育てば、ろくでもない娘に成長することは目に見えておりました。ミレーユと共にあれば、真面に育つであろうことも……。分かっていながら、私は、北の要塞行きが決まったとき、ミレーユに命じたのです」

『たいした能力もないお前が、エミリアを守ろうとしたところで共倒れするだけだ。いいか、俺が帰るまで、自分の身と民のことだけを優先に考えろ！』

いまでも一言一句忘れることなく覚えている。

ミレーユはひどくショックを受け、何度か拒否の言葉を述べたが、最後には涙を浮かべて頷いた。

「意外だったな……君が切り離したのか？」

不思議には思っていた。ミレーユは自分から実妹と距離を取りたがる性格ではない。

そうでなければ、あれほどエミリアのことを心配し、何度もカインに問うなどしないはずだ。

「ミレーユがエミリアの傍《そば》にいれば、父はミレーユを排除しようと動きます」

癒しの力があるエミリアが軽視されることはけっしてないが、父親から厭われているミレーユは別だ。どういう扱いを受けるか分かったものではない。ロベルトが城を離れれば、ミレーユを守れる者は皆無。だからこその選択だった。

「私は一度、エミリアを切り捨てています。その罪悪感が私の中に……そして、ミレーユの中にもあるのでしょう」

「祖国で粗雑に扱われていたミレーユが、厚遇で育ったエミリアに対して罪悪感を持つなど……」

おかしな話だ。顔を顰《しか》め、カインはため息を吐《つ》いた。

「どうにかならないのか、それは」

この先もエミリアのことを慮《おもんぱか》ってミレーユが苦しむなど業腹だ。しかし、ことはカインが思っていた以上に根深い問題。妙案を求めロベルトに問えば、彼は少し考え込み答えた。

「このさい、一連の出来事をミレーユに打ち明けてはどうでしょう」

これにはギョッとした。

「毒のことも話すのか?!」

「はい。私も幼いときの妹しか知りませんが、性格はそう変わるものではありません。だからこそ断言いたします。――――あれもけっこう強情ですよ」

「ミレーユが、強情?」

あまりピンとこない。どちらかというと、反対ではないだろうか。

「今回の経緯がハッキリしない限り、ミレーユはけっして知ることを諦めません。機会をうかがい、タイミングを見計らって何度も問うでしょう。私がミレーユに留学と嘘《うそ》をついたのも、納得させるためです。見聞を広げるための留学だと必要性を説けば、多少おかしいと思っても押し通せます。ですが曖昧では駄目です」

十年間遠く離れていたとはいえ、ロベルトは妹の性格を熟知していた。

自分よりもミレーユに詳しいことに、多少の嫉妬心を覚えながらも、カインは重要な情報として脳に記憶した。

（強情なミレーユ……それはそれで見たい！）

脳の回路は、安定の欠陥だったが――。

「わだかまりが消えぬ限り、ミレーユのエミリアへの憂慮は続くでしょう。それがお嫌なら、強く命令してください。竜王たる貴方様のご命令ならば妹も従います」

「命令などできるわけがないだろう！　私が欲しいのは、ミレーユから嫌われず、真実を隠していたことも非難されず、なおかつ彼女が心を痛めない解決策だ！」

本心を暴露すると、ロベルトは少し考え込み、冷静に言った。

「真実を話したところで、ミレーユがカイン様を嫌うことも、非難することも、心を痛めることもないかと思いますが。そんなことで気に病むような性格なら、あの父の相手はできません」

「…………」

返ってきたのはまさかの説得力だった。

確かにミレーユは普段ナイルやドリス、ルルといると押しが弱く控えめに見えるが、彼女は無理難題を通そうとする父親のもとで育ってきた娘だ。

過酷な環境で、それでもたおやかに育った心の持ちようが弱いとはとても思えない。

「いや、だが……そうなると、ミレーユはエミリアの所業を許すだろう？」

それどころか、毒の知識をきちんと与えなかった自分のせいだと謝罪までしそうだ。

ミレーユの優しさに付け込むことで、エミリアが許されるなど言語道断だと告げれば、ロベルトは少し不思議そうな顔をした。

「カイン様は、ミレーユがただ許すだけだと思っていらっしゃるのですか？」

「違うのか？　大人しいミレーユ相手なら、どうとでも言いくるめられると。エミリアもそう考えているようだったが」

そう告げると、なぜかロベルトは苦笑を漏らした。

弱者の覚醒

「ドリスさん……、これは一体？」

検証のために用意された部屋に通された途端、ミレーユの目に飛び込んできたのはテーブルに並ぶ宝石の数々だった。

ダイヤ、ガーネット、サファイア、オパール、真珠。その数は軽く三十を超えている。

圧巻の輝きが放たれれば放たれるだけ、ミレーユの顔色は反対に色を失った。

「いかがでしょう？　厳選に厳選を重ねたラインナップですわ！」

「……厳選が行き過ぎてはいませんか？」

美しい光彩もさることながら、驚くべきはその大きさだ。

よもやこの世に自分の手のひらサイズのダイヤが存在しているなど、今日このときまで知らなかった。

そして、その数ある宝石の極めつきが虹石《こうせき》。

こちらはミレーユの自室にある砂時計のような丸い加工ではなく、雫《しずく》のようなつゆ形だ。

戦争の引き金となるほどの希少な宝石が、黒のビロードが張られた箱の中に無造作に置かれている。

ミレーユは己の価値観を捨て、ただ無になろうとした。

そう、その方がきっと精神の安寧が得られるはず……。

自己防衛の一種が作動したミレーユの横で、ルルが屈《かが》みこみ、ブルーサファイアを見つめながらうっとりと呟《つぶや》く。

「おいしそうですぅ……」

どうやら飴玉《あめだま》を連想しているようだ。

この状況に怖気ついているのが自分一人だという事実に、ミレーユは遠くを見つめた。

ロベルトがいれば同じ心境を味わってくれそうな気がしたが、カインと会談している兄にいまさら来てほしいなどと言えるはずもない。

「さぁ、ミレーユ様！　どの石から始めましょうか!?」

準備を整えたドリスが、嬉々《きき》とした笑顔で問う。とっても楽しそうだ。

「あの、私が術を込めるものは、石は石でも宝石ではなく、道に転がっている石の方で……」

「こちらの石では不向きでしたか!?」

「ど、どうでしょう……？　宝石に術を込めたことがないので」

「岩石がよろしいのであれば。――ああ、この柱などいかがです？」

「え？」

ドリスが部屋の端に立つ円柱を指さし、事も無げに言う。

これに、ナイルも賛同した。

「そうですね。これは飾り柱ですので、なくなったところで構造上とくに問題はありません。どれほど砕きましょう？」

「ナイルさん!?」

芸術的な彫刻がなされた円柱を、いままさに壊さんとするナイルを、ミレーユは必死になって止めた。

「蔓《つる》を巻く彫刻が優美で素晴らしい柱ですね！　とても気に入ってしまいました！」

「まぁ！　ミレーユ様がお気に召されたとあっては、大事にしなければなりませんね」

右手から放とうとした風の術を取りやめ、ナイルはすぐさま他の女官に柱の念入りな掃除を言い付ける。

（……少しだけ、ナイルさんへのお願いの仕方が分かってきたような気がするわ）

心臓には悪いが、とにかく柱を守ることができたことに安堵《あんど》する。

「うーん。でしたら、あちらはどうでしょう？」

ドリスが次に狙いを定めたのは、奥の間に飾られた聖杯の石像だった。

「!?……ドリスさん、やはりこちらの宝石で試しましょう！」

どうあっても高価なものを選んでしまうドリスに、ミレーユは覚悟を決めた。

彫刻の方が宝石よりは価格としては低いかもしれないが、いままで術を込めたからといって石が砕けたことはない。

だが、柱も石像もこのままでは破壊されてしまう。それだけは食い止めたかった。

「……では、端から力を込めていきますね」

できるだけ高価な石を外して始めたかったのだが、高価でない石がそもそも置かれていないため、ミレーユは右端から魔力を込めることにした。

あわよくば、一番左に置かれている虹石に行き着く前に、この実験が中止になってくれないだろうかと、ひそかな期待をよせて――。


一刻後、すべての石に術を込めたミレーユは憔悴《しょうすい》しきっていた。

それは力の放出が原因ではない。主な原因は、精神的ダメージ。

結局、虹石にまで術を込めることとなり、そのプレッシャーに心の方が摩耗してしまったのだ。

虹石に対する価値観がまったく異なるナイルとドリスには、ミレーユの葛藤は伝わらなかったようで、二人は物珍し気に術の込められた宝石を手に取っている。

「本当に魔石でなくともお力を込められることができるのですね」

耳たぶサイズのサファイアを手に、うっとりとドリスがひとりごつ。

「念のためにと余分に用意いたしましたが、三十はある宝石すべてに魔力を込めても、魔力切れを起こされていないなんて。本当に素晴らしいですわ」

「すべてに込める必要はなかったのですか!?」

それは早く言ってほしかった。せめて、虹石に術を込める前に。

「進捗はどうだ。無理はしていないか?」

そこに現れたのは、カインとロベルトだった。様子を見に来てくれたようだ。

ロベルトはテーブルに並ぶ宝石の数々に気づくと、ぎょっと目を見開いた。

(お気持ちは分かります……)

宝石などには見向きもせず、ミレーユの体調だけを気遣ってくれるカインの優しさもありがたいが、唯一同じ反応を示してくれる兄の存在もまたミレーユの心を救った。

「術を込めることはできたのですが……。やはり、私の力ではどんなに高価な宝石を使っても、術式範囲は変わらぬようです」

不甲斐《ふがい》ないとばかりに俯きがちに答えれば、オパールを見つめていたロベルトが感心したように言った。

「石への付与が、微量な魔力でこと足りるようになったんだな。——よく努力した」

「っ!」

昔と変わらぬほほ笑みで過去の努力を褒めてくれる兄に、ミレーユは泣きそうになる。それでも必死に堪《こら》え、「ありがとうございます」と頭を下げた。

「邪魔を――」

「カイン様、ご兄妹の語らいに横入りするなど意地の悪い行いですよ」

「有り余るお力で魔力切れなど味わったことのないカイン竜王陛下では、あの賛辞は出てきませんものねぇ」

「…………」

ナイルとドリスに阻まれ、結局間に入ることができなかった。

仕方なく、カインは宝石に目を向けた。

ミレーユが術を込めたものならば、いくつか自室に飾りたいと思いながら目を走らせると、ふと気づく。

「なんだ、魔石は準備しなかったのか？」

「はい。ミレーユ様のお力を試されるには、魔石は該当しないと除外いたしました」

答えるドリスに、カインは少し考え込むと、控えていた女官に指示を出した。

「いい機会だ。まだ術を付与していない魔石をここに」

「！　そんな貴重な品を見せていただいてもよろしいのですか？」

初代竜王が残した遺産である魔石は、虹石よりも貴重なものだ。

ミレーユが恐縮している間にも、指示を受けた女官が戻り、目の前に置かれる。

「え……？」

初代竜王の残した遺産とは、いったいどのような形状をしているのだろうか。

たじろぎながらも、恐る恐る深紅のビロードに鎮座する石を覗《のぞ》き込めば、それは虹石と瓜二《うりふた》つだった。

「これが、魔石……？　虹石と同じ形ですね」

ミレーユの言葉に、カインが答える。

「魔石は、もともと虹石に初代竜王が術を施したものだ。見た目にとくに変化はないが、初代竜王の力が宿っている」

言いながらトレイから魔石を取り上げると、ミレーユの目の前に差し出した。

「他の男が術を込めたものなど、ミレーユには触ってほしくないが……」

自分から提案しておいて、そんなことを言うカインに、ミレーユは笑いながら手を伸ばした。

空に弧を描く虹よりも深く、鮮やかな煌《きら》めきを放つ魔石。

カインの手から受け取ろうと、そっと白い指を石に重ねた瞬間、

「――――ッ！」

突如、頭の中になにかが流れ込んできた。

最初に脳裏を駆け巡ったのは、赤い炎を纏《まと》った巨石。

闇の中を恐ろしいほどの速さで走るそれが、すぐにはなにかは理解できない。

それでも、それが酷《ひど》く恐ろしいものだということは直感的に分かった。

戦慄で身体《からだ》が固まると、今度は別の場面が頭に流れる。

それは、激しく降りしきる雪が視界を白く染める山道を、ただひたすら歩く少女の姿だった。

藁《わら》で編み上げられた靴のようなものを履き、一歩一歩踏みしめるも、雪が深くなかなか前に進まない。凍えるような寒さ。吐く息は白く、それさえも吹雪《ふぶき》の中に散っていく。

疲労か、それとも確認のためか。少女が立ち止まり、顔をあげた。

そこには、吹雪で視界を遮られてもなお、壮大さに震えるような大きな山がそびえ立っていた。

(あれは……)


『力を、望むか』


不意に重低音が耳を打つ。

夜の帳《とばり》がかかったようなくぐもった声は、この世のものとは思えぬ膨大な魔力が込められていた。

けれど、恐怖はなく。あるのは――――。

「ミレーユ？　どうかしたのか?!」

「――!!」

(いま頭の中に流れ込んできたのは、なに?)

意識がどこか遠くに飛んで行ってしまったような感覚だった。

「カイン様、いまのは……」

「いまの、とは?」

彼には見えなかったのか。あの光景が。あの山が。

(白昼夢? いえ、そんなぼんやりとしたものではなかったわ)

呼吸すら聞こえるほどに生々しく、鮮明だった。

思い出そうとすると、心臓はドクドクといつもより強く鼓動を打ち。血潮に流れ込むように、言語化できない何かが身体の回路を駆け巡った。

(――熱い……)

手のひらを見つめ、そっと握り締める。

まるで魔力の根源に触れたかのように、身体が熱かった。

その熱は、何かを溶かした。

ミレーユのうちにあった、なにかを。

それは、けっして不快なものではなく。

まるで縛られていた楔《くさび》が解かれたような――。

時間にすればほんの一瞬。

その一瞬で、自分の持つ術が頭の中で顕在化し、繋《つな》がった。

（そう……私の魔術は、そういう風に術を込めるものなのね……）

「大丈夫か？」

不安そうに揺れる、紅蓮《ぐれん》の瞳と目が合う。

どんな宝石よりも輝く瞳は、ミレーユに静穏を与えてくれた。

「……大丈夫です。ご心配をおかけしました」

ミレーユはほほ笑み返すと、魔石を手に取った。

けれど、さきほど感じた不思議な感覚は起こらず、冷たい石の感触だけ。

よく見れば、虹石と同じ雫を模《かたど》った形は、まるで涙に似ていた。

「……もう一度、虹石に術を込めなおします」

ハッキリとした宣言に、カインは驚いたようだった。ミレーユが強い意志を露《あら》わにするのは珍しい。

すぐさま虹石を手に取ると、ミレーユに渡す。

「ありがとうございます……」

ミレーユは手にしていた魔石と入れ替えるように虹石を受け取ると、そっと両手で包み込む。

同じ石に術を二度も施すのは初めてだったが、失敗の恐れは頭になかった。

（すべて魔石が教えてくれた）

導いてくれた通りに力を込めれば、虹石は必ず応えてくれる。

ミレーユは願うように術を込めた。

（静かに。朝露が零《こぼ》れるように、一滴の魔力を。雫を垂らすかのように……）


――――パキッ。


それは雛《ひな》が卵から孵《かえ》るような、誕生の音。

「これで、術の範囲が広がりました」

見た目は何一つ変わらぬ虹石を手に、真っすぐに見上げてカインに告げる。

「いまの、魔力は……？」

彼はなぜか戸惑ったように呟いた。しかし、それ以上を口にすることはなく。

「カイン様、術の範囲を見てみたいのですが、どこか広い空き地はないでしょうか？」

普段、あまり頼みごとをしないミレーユからの所望に、カインはすぐさま適合する地を口にした。

灼熱の丘

「なんて熱い地表なの……」

案内されて訪れたのは、傾斜のなだらかな丘が連なった場所だった。

果てがないのではと感じるほどの広大な土地には、固く引き締まった砂が一面を覆い、植物の姿は見当たらない。

ミレーユは思わず屈《かが》みこみ、地に手を置いた。

「地中から湯気が立ち昇っているわ」

「温泉みたいですね！　すっごく熱いです！」

寒地で育ったルルは、暖かいというだけでテンションがあがるのか、砂で山を作り始めた。ロベルトも初めて見る地表に目を凝らしている。

楽しそうな一行に、ドリスは一人うろたえていた。

「なぜ灼熱《しやくねつ》の丘なのですか……」

もっと他に適した土地はなかったのかとばかりに不満を口にするドリスに、カインが返す。

「ここ以外の土地は、すべて初代竜王の魔力が行使されている。一つのものに対し、術が重なった場合、劣弱なものがかき消されることはドリスも知っているだろう」

国庫でも、すでに建物内に保持の術がかけられているため冷却の術が使えず。ドリスたち職員は、食料に冷却の術を使用するという手段を講じていた。

カインのもっともな説明に、ナイルも加勢する。

「長い歴史の中でも、初代竜王陛下の施した術を上回った方は、歴代の竜王ですら存在しておりません。我が領土で干渉を受けていないのは、この灼熱の丘のみです」

「それは、分かりますけど……」

この土地以外、適した場所がないことは、ドリスとて十分理解している。

だが、雑草一本生えぬ地表は、植物だけでなく生き物の命すら奪う。

灼熱の丘に魔石が使われていないのは、それだけ厄介だからだ。

なにせ、大人一人が寝転がるサイズに対し数百の魔石を使用し、かける魔術もドリスが得意とする《冷却の術》ではまだ足りない。この大地を冷やすには、その上の《氷塊の術》が必要だった。

カインもナイルも、ミレーユに対し過剰なほど過保護だというのに、こういった場所を選ぶあたり根本的に発想がおかしい。

ミレーユが手にしているのは、術を施した虹石《こうせき》一つ。

魔石ですら膨大な数を必要とする土地で、ミレーユの術が成功する確率は計算するべくもない。

「失敗することによって、ミレーユ様が落ち込まれるなんて発想に至らないのが、竜族ですよね」

生まれた時から生き物の上位として育った彼らには、壁に突き当たる苦悩や、苦い経験というものがない。経験がないゆえに、失敗に対する恐れもない。まさに強者の発想、竜族的思考だ。

「なにか言ったか？」

「いいえ、なんでもありませんわ。カイン竜王陛下」

試験の場として適切かどうか反論したいところではある。が、それよりも――。

自国では見たことのない景色に感動している齧歯族《げっしぞく》三人を怖がらせまいと、ドリスはあえて声を落とした。

「ミレーユ様は竜印に守られていらっしゃいますから、この地に足を踏み入れてもお身体に異常はないでしょうが、お二人は大丈夫なのですか？」

鳥綱族《ちょうこうぞく》の中でも上位種族であり、能力の高いドリスは己の魔術で身を守ることができるが、齧歯族では近づいただけで身体の水分が奪われる。

「当然です。抜かりはありま――」

「うにゃぁ！」

ナイルが言い終わる前に、けだまの怒りの発声が響く。

どうやら熱すぎる地表が気に入らないようだ。地面を嫌がるようにルルの胸に飛び込むと、服に爪を立ててぶら下がる。その姿はまるで猫のブローチだ。

「こらぁああ！　ルルのお洋服に爪立てないでくださいぃぃ！」

「けだま。お前は守り石があるのだから、普通に歩けるでしょう」

ナイルはルルにぶら下がるけだまを抱き上げると、「こら」とばかりに人差し指で鼻をぽんと叩《たた》いた。

「守り石……、ってなんですか？」

ルルは服に穴が空いていないか確認しながら、首を傾《かし》げる。

「この子の首輪についている石です。こちらはルビーと魔石をかけ合わせ作られたもので、猫にとって心地よい温度に保てるよう術がかけられています」

「まぁ。よかったわね、けだま。素晴らしいものをいただいて」

ミレーユは、ナイルの腕の中で大人しくなったけだまの顎の下をさする。

その横でルルがふふんと鼻を鳴らした。

「お前は贅沢《ぜいたく》なネコですね！」

どうやら魔石に頼らなければならないことを、虚弱だと勝ち誇っているようだ。

これに、さらりとナイルが告げる。

「ルル様のご衣装にも魔石は使用されておりますよ」

「ふぇ?!」

ルルのお仕着せは、ナイルが用意したもの。

身一つでやってきたルルは、元は装飾のない灰色のスカートに、白いエプロン姿だった。

ドレイク国までの道中は馭者《ぎょしゃ》の魔力で守られ、領土内は初代竜王の魔術で守られているが、それ以外の土地では心もとない。そのため、魔石で守護の術を用い作らせたのがいまの衣装だった。

「ルルは……、贅沢なネズミです」

スカートの裾をつまみ持ち上げながら、ルルがポツリと呟《つぶや》く。

初めて知った事実に、ルルだけでなく、ミレーユも驚いて口元に手を置いた。

（もしかして、ナイルさんがさきほどお兄様にお渡ししていた腕輪も？）

やたら高価そうな飾り石がついた腕輪に、ロベルトは強く拒否していたが、あれも身を守るためのものだったのだろう。

ロベルトもそのことに気づいたのか、渡された腕輪をまじまじと見つめている。

「じゃあ、姫さまのドレスにも魔石が使われているんですか？」

「ミレーユ様は竜印の力によって守られていますので、魔石は必要ございません。熱さは感じられても、痛みには繋《つな》がりませんから」

「あ、言われてみれば……」

母国でも、皆が痛みを伴う寒気にも平気だったことを思い出す。

（ただ頑丈で、寒さに強いのだとばかり思っていたわ）

ヴルムと出会う前からそれはあまり変わっていなかったので、いままでとくに不思議に思うこともなかった。けれど自分が気づいていなかっただけで、ずっと守られていたのだと知ると嬉《うれ》しさに胸が詰まる。

「カイン様から説明は受けたが、本当に竜印というのはすごい力だな」

ロベルトも感嘆の声をあげ、ミレーユの胸元を見る。

文様を視認することはできないが、それでも妹を守ってくれていることに安堵《あんど》を覚える。

「皆様のご体調に障らないということでしたら、さっそく術を披露していただいてもよろしいですか!?」

一連の会話を聞いたドリスは、これで気がかりはなくなったとばかりに、術の開示を嘆願した。

「はい。では、どれくらいの冷たさにいたしましょう？　温かくもできますが」

「温かく……？　ミレーユ様の術は、冷却の術では？」

以前、国庫で交わされた会話で、てっきりミレーユが使う術は、冷却の術だと思っていたドリスは首をひねる。

「私の術は、細かく言えばその、《体感の術》……というのでしょうか。総身で感じた温度や気温を術に反映するものなんです」

「……確かに、冷却の術とは明言されていらっしゃいませんでしたね」

思い返したのか、ドリスが頷《うなず》く。

「故国は寒帯の気候なので、いままで暖気を術として表現することが困難でしたが、こちらに来させていただいたおかげでその範囲も広がりました」

ミレーユは灼熱の丘に降り立ってすぐに砂に触れ、熱を術に覚え込ませていた。

「ですから、一度冷やしてしまった後も、また元に戻すことはできるかと思います」

「あの……お国では役に立たぬ術だとおっしゃっていましたが、暖炉の火を術に反映させ、室内で使用すればかなり重宝されたのでは？」

質問を重ねるドリスに、ミレーユは曖昧に笑った。

「術の放出時間はとても短いものでしたし、それに……」

この術を使うことに、父はいい顔をしなかった。見つかれば、咎《とが》めを受けてしまう。

「そのことは、いまはいいだろう。それよりも早くミレーユの術が見たい」

言葉を濁すミレーユを助けるように、カインが促す。これにはすぐさまドリスも賛同した。

「おっしゃる通りですね。では、ミレーユ様の知る、氷点下の酷寒をお願いします！」

「分かりました」

ミレーユは気負うことなく返事をすると、灼熱の丘に膝を下ろした。

祈りを捧《ささ》げるように、両手で虹石を包み込むと、詠唱を紡ぐ。

「我が愛《いと》しき源よ。大地に還《かえ》り、その力で我の望みに応えておくれ――」

詠唱は言霊の力を借りることで術を強化する。魔力の低い下級種族ならではの手法だが、ミレーユの声は耳によく馴染《なじ》み、カインは束《つか》の間その心地よさに浸った。

と、次の瞬間――。

バキバキッという音と共に、勢いよく灼熱の丘に氷が伸び、瞬く間に辺り一面を氷の大地に変えてしまった。

「――――!?」

生き物のすべての水分を奪う灼熱の丘が結氷していく様に、術が失敗したときの慰めの言葉を用意していたドリスは度肝を抜かれた。

それはカインとナイルも同じだった。

「これは……、さすがに予想していなかったな」

カインは屈みこむと、氷に手をついた。

張られた氷は薄く、本来なら一瞬で溶けてもおかしくない厚みだ。にもかかわらず、氷解する気配がまったくない。

竜族の中にも氷塊の術を得意とする者は多いが、ミレーユのような繊細な術とは程遠いだろう。

そんな驚くカインたちをよそに、ミレーユは静かに凍《い》てつく大地を見渡した。

(術式範囲が広い……。術の持続時間も以前とは比べ物にならないくらい延びているわ)

いままで感じなかった魔力の波動が指先に繋《つな》がっている。不思議な感覚だった。

(あれは、なんだったのかしら……)

魔石に触れた瞬間見えた景色と、声。

まるで導かれるように繋がった術式の回路。

(いえ、それも気になるけれど。でも、いまは――――)

ミレーユは振り返り、ロベルトを真っすぐに見つめた。

「お兄様、この力をうまく利用すれば、農地の凝《こご》った地中熱をあげることもできるかもしれません。暖房設備としても活用できれば、もう燃料代を工面する必要もなくなります」

この範囲を冷やすことができたのなら、その逆もできる。

もちろん母国では宝石など用意できないため、使用するのは路傍の石だ。

虹石ほど力に応えてくれるか分からないが、それでも数で補うことができるはず。

「お父様はお許しになられないかもしれませんが、民が助かるなら説得してみせます！」

告げる声は、少し高揚していた。

母国を想《おも》うミレーユの揺るがない瞳に、ロベルトは視線を斜めに落とした。

「お前の気持ちは嬉しいよ。だが……」

落とした視線をあげ、ゆっくりとミレーユに告げる。

「お前はこちらに嫁ぐ身だ。いつまでも母国にばかり主眼を置くな」

諫《いさ》めるような厳しい声だった。それが兄としての優しさであることはすぐに理解できた。

本来、女は嫁いだ後も母国や生家の利益となるよう動くことを課せられる。

スネーク国に嫁いだエミリアとて同じ。父は当然のように命じたはずだ。

ロベルトのように、『嫁ぎ先を第一に考えろ』などとはけっして口にしたりしない。

十年ぶりに会った兄は、昔と変わらぬ優しさで、ミレーユに正しい道筋を示してくれる。

「ありがとうございます、お兄様……。けっして忘れぬよう、肝に銘じましょう――ですが」

声が少し震えた。

兄に異論を唱えようとするのは、十年前のあの日以来だ。

年長者の男性に対し、歯向かう言動が許されない国で育ったミレーユは、自分の想いを発するのに躊躇《ためら》いを覚える。

けれど、カインの姿を目の端に捉えると心が定まった。

「私を育て、慈しみ、愛してくれた祖国をどうして忘れられましょう。私は、私のできることならば、ドレイク国はもちろん、祖国にも尽くしたいのです」

いまはまだ、カインに変わると誓った言葉すら叶《かな》えられていない。

それどころか、あたふたとから回りすることばかり。堂々と振る舞うこともできない。

目指すものは、途方もなく遠くにあった。

(でも、なにも変わっていないわけじゃないわ……)

例えば十年前、兄に言えなかった言葉を、いまなら伝えられる。

「お兄様が旅立つ日のお言葉を、……いまも覚えております」

「――っ」

わずかにロベルトが怯《ひる》む。なにを指しているのかすぐに分かったのだろう。

「力のない私では、エミリアの傍《そば》にいても邪魔になるだけだと……。あのときの私は、己の不甲斐《ふがい》なさを否定できず、従うことしかできませんでした」

ならばせめて民への献身だけは忘れず、力を尽くそうと努力してきた。

それが兄の願った形通りだったかは自信がないが、できることの精一杯を注いできた。

「この十年、ずっとお兄様のご命令に従ってまいりました。……いま、私は少し力をいただいたことで、傲慢な考えになっているのかもしれません。それでも、お兄様にお伝えしたいのです」

「……なにを？」

ミレーユは両手を強く握りしめると、兄の視線から目をそらさずに続けた。

「私は、民のことも、……エミリアのことも。すべてを守りたいと思っております！　その想いは、あの日からけっして諦めてはおりません！」

ロベルトの表情が、不意を衝かれたように驚きに染まる。

当時と同じく、叱りつけられることを覚悟したミレーユだったが、ロベルトは我に返った途端、笑い出した。

噴き出す兄に、ミレーユはきょとんとする。

「お、お兄様？」

「お前……、やっぱり変わってないな」

「え？」

「十年間、ずっとあのときの俺の言葉を覆そうと努力してきたんだろう？　本当に、変なところで強情だな」

ロベルトは笑いすぎたのか、目に浮かぶ涙を指で払うと、カインに向き直って言った。

「カイン様、妹はこういう娘です。きっとこのさきも諦めることはないと思いますが、それでも黙っておられますか？」

なんのことか分からずミレーユが目を瞬かせると、

「いや……無理だ」

カインは肩を落とし、まるで観念したかのようにため息を吐《つ》いた。


「……そんなことが……」

カインとロベルトの三人だけの状況で聞かされた一部始終に、ミレーユは唖然《あぜん》とした。

まさかエミリアが、自分にドクウツギの毒が入った菓子を食べさせていたなんて思ってもいなかった。

（こんな話、ルルに聞かれなくてよかったわ。ルルを離れた場所に連れ出してくれたナイルさんには感謝しないと）

遠くで無邪気に氷と戯れているルルを見つめ、ほっと息を吐き出す。

ちなみに、その横ではドリスが凍った氷の性質が気になるのか、切り出しに精を出していた。

「黙っていてすまなかった……」

謝るカインに、ミレーユは慌てて首を振った。

「私のために矢面に立ってくださったこと、感謝してもしきれません。なにより竜印のお力がなければ、エミリアを人殺しにするところでした」

最悪な事態を避けられたことにホッと安堵の息を吐くと、カインが顔を顰《しか》めた。

「ミレーユが気遣う必要がどこにある。君は被害者だぞ」

「……ありがとうございます、カイン様。ですが、すべては私がエミリアへ伝えるべきことを伝えていなかったばかりに起きてしまったことです」

カインは、「やはりそうくるか」と呟くと、納得できないとばかりに口元をゆがめた。

「君はもう少し怒るべきだ。エミリアのしたことは『知りませんでした』ではすまない。君の国ではドクウツギの毒性は常識なのだろう」

言葉には怒気が含まれていたが、ミレーユは怯むことなく答えた。

「民は日常の中で常識を身に付けますが、あの子は閉ざされた世界しか知らず、それがすべてだと思っています。これは、しっかり教え伝えなかった私の責任です」

「君は伝えただろう」

「……」

彼が言うように、父の目を盗んでは、エミリアに母からの教えを伝えてはいた。

けれど結局は伝わっていなかった。その非は、聞く側にだけあるわけではない。

「本人が理解できていなければ、それは『教えた』とは申せません。そして、一度思い込んだ記憶を正しい情報に上書きすることは、簡単なようでいてとても難しいものです。……母からも、あれほど口伝の難しさを説かれていたのに。これは私の力不足が招いたことです」

後悔の念を滲《にじ》ませるミレーユの口調は普段よりも饒舌《じょうぜつ》で、付け入る隙がない。

それはときおり彼女が垣間見《かいまみ》せる、齧歯族の第一王女の顔だった。

「――――カイン様、どうか兄と帰郷することをお許しください！　エミリアのことを、このままにしておくわけにはまいりません！」

懇願ではなく、決意の色を瞳に宿らせての訴えだった。

ここまでくれば、拒否し続けることに意味がないことくらい、さすがに分かる。

「まぁ……私と一緒なら……」

カインがしぶしぶと了承すると、ミレーユは安堵の息をつき、礼を言って頭を下げた。

そして頭を上げた瞬間、気持ちを切り替え宣言した。

「そうと決まれば、すぐに用意いたします！」

「用意？」

帰郷するための旅支度ということだろうかとカインが問う前に、ミレーユは踵《きびす》を返す。

そのまま氷を分析していたドリスの前に行くと、なにやら話し込み始め。次いでナイルもそれに参加する。

「用意、とは？」

仕方なくロベルトに尋ねれば、彼は人の悪い笑みを浮かべて言った。

「普段は弱々しく見えるかもしれませんが、兄妹の中で一番根性があると、母が目をかけていたのはミレーユです。――そのことを、エミリアも少しは思い知ればいいんですよ」

希求

『うぇぇえん』

遠くで、耳障りな声がする。

その甘ったれた泣き声はだんだんと近くなり、余計にエミリアを苛《いら》つかせた。

うるさい。

うるさい。

――うるさい！

けれど、エミリアを苛立たせるのは、泣き声そのものではなく、次に発せられる声の方だ。


『――――』


優しく包み込むようなそれが、〝特別〟な言葉を紡ぐ。

その声が、なによりもエミリアの癇《かん》に障るのだ。

――――トントン。

少し強めのノック音に、エミリアはハッとしてテーブルについていた顔を上げた。

(いま、一瞬……寝ていた？)

時計を見ても、秒針はあまり変わっていない。

それでも、見たくもない夢を見るには十分な時間だったようだ。

(最悪な夢見だわ……)

重苦しい不快感にエミリアが顔を顰《しか》めていると、また扉が叩《たた》かれた。

「うるさいわね！　いまは誰にも会いたくないって言っているでしょう！」

どうせ臣下のうちの誰かだ。かん高い声で叫べばすぐに諦める。

案の定、静かになったことに満足したエミリアは、ふんと扉から目を離す。

そのまま椅子から立ち上がり、壁にかかる赤色の緞帳《どんちょう》を捲《まく》ると太陽の位置を確認した。

もうすぐ、陽が沈む。

これなら日差しが入ることもないだろうと、閉め切っていた緞帳を開くと。

――――ガンっ！

その瞬間、扉から衝撃音が響いた。

驚いて振り返れば、エミリアが気に入っていた薔薇《ばら》彫刻の扉が破壊され、蹴り破った足が見える。

「なっ?!」

聖女の君と言われるエミリアの自室に、いままでこんな乱暴な強行突破をする者などいなかった。

呆気《あっけ》に取られていると、入ってきたのは自国の民族衣装に身を包んだ青年だった。

「……兄、様……?」

兄とは十年前に会ったのが最後だ。

それでも兄だとすぐに分かったのは、顔立ちがミレーユに似ていたからだ。

久しぶりに会った兄は、エミリアを見るなり呆《あき》れたように顔を顰めた。

「なんだ、そのお粗末な魔力操作は……」

アルビノであるエミリアの身体《からだ》には、普段から癒しの力が使われている。

しかしロベルトは一目見るなり、魔力の使い方がなっていないと指摘した。

「お前、いったいなにを家庭教師から教わってきたんだ。そんな量を常に放出すれば、いくら齧歯《げっし》族《ぞく》の中では魔力総量が多かろうとすぐに枯渇するぞ」

数えるほどしか会ったことのない兄からの早々の説教に、エミリアはムッとして言い返した。

「兄様には関係ないでしょう！　わたくしの結婚式にも出席しなかったくせに！　いまごろのこのこと帰ってきて、なによっ。お説教なんて聞きたくないわ！」

それほど留学先がよかったのなら、もう帰ってこなければよかったのにと吐き捨てると、ロベルトが笑った。その歪《いびつ》な笑みに、エミリアの肌がゾクリと粟立《あわだ》つ。

「そうだな……。お前はもう嫁に行った身だ。俺には一切関係ない。だが、いまのままでは数年後には、聖女としての居場所はなくなるだろうな。――アルビノが、どういった体質か知らぬわけではないだろう？」

「っ！」

知っている。分かっている。

アルビノとして生まれたエミリアの身体は免疫力が低い。

とくに太陽の光は天敵だった。

日光が少し当たっただけで、白い肌はすぐに火傷《やけど》となり、羞明にも苦しむ。

癒しの力がなければ、外を出歩くことすらままならなかっただろう。

けれど癒しの力と言えど万能ではなく、治すことはできても、身体を強化することはできない。

それどころか、年を重ねるごとに症状は悪化し、身体を蝕《むしば》んでいく。

治すにはより魔力を必要とし、いつか自分のためにしか癒しの力を使用できなくなるだろう。

そうなれば、聖女として権威を誇っていたエミリアの立場は失墜する。

「自分の魔力総量を過信していると、己の首を絞めることになる。分かるだろう？」

容赦のないロベルトの指摘に言葉を詰まらせていると、扉から恐る恐る顔を覗《のぞ》かせる者がいた。

「あの……、アルビノの体質というのは、どういうことですか？」

ミレーユだった。

自国のドレス姿で現れた姉に、エミリアはビクッと身体を震わせた。

ミレーユの帰国は予想外だったのか、唇を噛《か》んで驚愕《きょうがく》を押し殺しているエミリアを、ロベルトが冷静に一瞥《いちべつ》しながら言った。

「母上に教えを受けていなかったか。アルビノは貴重種として持てはやされるが、実際はそういいものではない。皮膚はもろく、目には異常をもつ。とくに陽に当たると身体によくない」

「え……」

初めて知ったアルビノの情報に、ミレーユの瞳が大きく揺れる。

ミレーユの黒曜石の瞳に、妹の身体への憂慮が滲《にじ》んだ瞬間、エミリアは叫んでいた。

「姉様には関係ないでしょう！　なに、もう国に帰されたの!?　しょせん姉様なんて、誰も欲しないのよ。ましてや竜王の花嫁になんてなれるわけが……──ひっ！」

勢いよくまくし立てた言葉も、扉の向こうに立つ、怒りのオーラを纏《まと》ったカインの姿にピタリと止まる。言葉だけでなく、呼吸も、心臓すら止まってしまうかと思った。

「──君は、本当に私を怒らせるのがうまいな」

カインの声は不機嫌そのものだった。そのあまりのどす黒い魔力に、慌ててミレーユが取り成す。

「お、お怒りをお鎮めくださいませ！　ルルも、怯《おび》えておりますから！」

カインの後ろには、頭の上にけだまを乗せた格好のルルがいた。

彼もかわいがってくれているルルが怯えていると聞けば、少しは放たれる怒気の魔力をおさめて

くれるかと思って懇願したミレーユだったが、

「え？　ルルは別に怖くないですよ。竜王さまに怒られてるの、ルルじゃないですし」

無情にも、本人にあっさり否定されてしまう。

「ルル……」

少し途方に暮れた顔のミレーユが、それでも優しく侍女の名を呼んだ。

その声に、竜王の放つ魔力に震え、気絶一歩手前だったエミリアの表情が変わった。

脅《おび》えていた瞳を吊《つ》り上げ、苛立たしげに吐き出す。

「なによ……なんなのよ！　全員でわたくしを嘲笑《あざわら》いにきたの!?」

「エミリア、違うわ！」

「わざわざ自国のドレスなんて着て、嫌み?!　こんな薄暗いじめついたところでは、華やかなドレイク国のドレスは似合わないものね！」

自国のドレスに着替えたのは、ドレイク国の衣装がこちらの気温に合わないからであり、エミリアが主張するようなことではなかった。

あの胸元の開いた意匠を、自国で着る勇気がなかったのもあるが……。

必死に否定するミレーユと、なにを告げても牙をむくエミリアの姿に、埒《らち》が明かないとばかりにロベルトがため息を吐《つ》く。

「まさか、ここまで我の強い娘に育っているとは……」

事前に聞いていたカインの説明が、どれだけ表現を抑えてくれていたのか推し量られる。

エミリアがこのままミレーユに対する言動を改めなければ、竜王の怒りは膨れ上がるばかり。

そうなる前に、ロベルトは口を開いた。

「どうして嫁ぎ先に帰らなかった？　竜王陛下からの命を無視するなど、許される行いじゃない」

「……か……、帰れるわけがないでしょう！」

エミリアはドレイク国に出立するさい、スネーク国の女官たちに一部始終を話していた。

自分が竜王の花嫁になるのだと嘯《うそぶ》いて、嫁ぎ先を出たのだ。いまさら戻ったところで、なにを言われるか分かったものではない。

それに、夫の王子とて立場が危うくなっているはず。

長年ミレーユを蔑んでいた王子は、カインにとってはエミリアと同じく憎悪の対象だ。

ドレイク国からの抗議文一つで、王位継承権は簡単に剥奪される。

「そんなところに、帰れるわけがないじゃない！」

「いっそ清々《すがすが》しいほどに身勝手な理由だな。お前の不服従のせいで、国がその咎《とが》を負うことになるとは考えなかったのか？」

「それは……」

「自分がよければ、民のことはどうでもいいのか？　竜族を敵に回せば、齧歯族など一瞬で屍《しかばね》の山だ」

「……そんなこと……そんなこと、どうせできないわよ！」

「なぜそう思う？」

「だって……」

見るつもりなどなくとも、つい視線がミレーユを追っていた。

エミリアとて、竜王の命に逆らうことへの恐怖はあった。

一度は恐ろしいほどの魔力に中《あ》てられ、気絶した身だ。

あれをまた食らえば、精神が持たない。

けれど、それ以上に確信があった。大丈夫だという、強い確信が――。

「どうせ、ミレーユが守ってくれると。どうにかしてくれると高を括《くく》っていたんだろう？」

「…………っ」

ロベルトに図星を突かれたエミリアは、ドレスを強く握りしめ唇を噛む。

「呆れるほどに、父上にそっくりに育ったな」

「ふ、普段役に立たない姉様なんだからっ、それくらいするべきでしょう！」

「ドクウツギまで食わせておいて、よく言えたな」

盛大な怒りを滲ませたロベルトの言葉に、エミリアは愕然《がくぜん》とした。

ハッとしてミレーユを見るも、その表情に驚きや戸惑いはない。

エミリアのした行いを、もう知っているのだと悟る。

「姉様には伝えないって……おっしゃったじゃない……」

恐怖で逸《そ》らしていたカインの顔を見つめ、エミリアが言う。声には非難がこもっていた。

これは、カインにとって意外だった。

カインは、妹の罪を必ず許してしまうであろうミレーユを危惧し、毒のことを明らかにしないよう命じたが、エミリアからすれば、この展開は都合がよかったはずだ。

この場ですぐに手のひらを返し、ミレーユに慈悲を乞えば、たとえそれがカインの本意でなかったとしてもエミリアの罪は流される。

けれど、彼女はそうはしなかった。

視線を落とし、けっしてミレーユを見ようとはしない。

カインに睨《にら》まれる以上に怯え、脅えるように身体を震わせていた。

そんな妹の姿を気の毒に思ったのか、ミレーユが優しく話しかける。

「ドクウツギのことは、ちゃんと伝えきれていなかった私の咎よ。だから、そのことは気にしなくても……」

「――――やめてよ！」

エミリアは、絹を裂くような声で叫び。聞きたくないとばかりに耳をふさいだ。

「わたくしのことを憎んでいるくせにっ、いまさら姉様面しないで！」

「え……？」

「なにを言っているんだ？　なぜミレーユがお前を憎む？」

驚いたミレーユとロベルトが、同時に声をあげる。

「そんなこと聞かなくても明らかじゃない！　母様は、わたくしを産んだから死んだのよ！」

大きく目を開く兄姉に構うことなく、エミリアは叫び続けた。

「父様も臣下たちも、皆言っていたわ！　姉様は母様が大好きだったから、わたくしのことを憎んでいるって。その証拠に、幼いころからずっと無視されていた。下賤《げせん》な侍女には優しくするくせに、わたくしには話しかけもしなかった！」

そう言って、血走った憎悪の瞳を、今度はルルに向けた。


「話しかけなかったんじゃない、話しかけられなかったんだ。お前、気づいていなかったのか？　父上が、俺やミレーユをお前から排除していたことを」

「だからなによ！　それでも声くらいかけられるでしょう！」

憎んでいないなら、それくらいできるはずだと当然のように言い放つ。

やたら勢いづいたエミリアの言葉は止まらなかった。

「姉様なんて、いなければよかったのよ！　姉様さえいなければばっ、わたくしは自分に持ち合わせていないものの数を数えることも、持ち合わせていない自分をみじめに思うことだってなかったわ！」

「エミリア……？」

妹に持ち合わせていないものなど無いように思えた。

魔力も魔術も、容姿すら十分に備えている。

けれどエミリアは毒を吐き続け、完全に我を失っているのが瞳の虚《うつ》ろさからも見て取れた。

ミレーユは思わず手を伸ばすが、エミリアはその瞳のまま、禁句を放った。

「姉様なんてっ、――――――ドクウツギの毒で死んでしまえばよかったのよ！」

「――いい加減にッ」

我慢しきれなくなったカインが前に進み出る。

抑制の衣ですら抑えきれない怒りの竜気が、いまにも爆《は》ぜる寸前。

窓から入ってきた沈み行く太陽の最後の光が、エミリアの身体を差した。

ほんの微《かす》かな光。

しかし、それはエミリアの手の甲を真っ赤に腫れ上がらせるには十分な威力だった。

「――ッ！」

「エミリア!?」

不意を衝かれたカインよりもさきに、ミレーユがエミリアに駆け寄る。

すぐに手を取って確認すれば、左手の甲は赤く腫れあがっていた。

このまま放置すれば、より悪化し、水ぶくれになってしまうだろう。

「ほっといて！　自分の力で治せるわ！」

ミレーユの手を払いのけ、癒しの力を出そうとするも。

「え……？　なんで？」

なぜかそれは叶《かな》わず。

何度回復させようとしても、痛みは強くなるだけで、赤い肌は治らない。

「魔力が枯渇したんだ。部屋に閉じこもり、ろくに食事も水も取らず、癒しの力だけでまかなおうとすれば、そうなって当たり前だ」

「そんな……嘘《うそ》よ……！」

ロベルトの指摘に、エミリアがうろたえる。

ずっと自分を守ってきた癒しの力。

その源である魔力が枯渇したことなど、生まれて初めての経験だった。

認めたくないエミリアは、何度も術を試みる。

必死な形相の妹に、ミレーユは手を伸ばし、そっと頸動脈《けいどうみゃく》に触れた。

火傷で負った痛みで我に返ったエミリアは、さきほどなにを口走ったかを思い出し、ミレーユの指にビクリと身体を震わせるも、払いのけることはしなかった。

「……脈が速いわ。それに呼吸も乱れて、足元がふらついている」

額には汗が滲み、指先は緊張のためか氷のように冷たくなっていた。

ミレーユは有無を言わせぬ動きでエミリアを椅子に座らせると、ドレスのポケットから貝殻を取り出した。中にはクリーム状の塗り薬が入っており、人差し指ですくい上げると、エミリアの赤く腫れた手の甲に優しく塗りひろげた。

「…………」

「カミツレを塗り薬にしたものよ。火傷によく効くわ。この薬はお母様に教わったものなの。エミリアには、まだ教えていなかったわよね？」

薬を塗り終わると、今度はハンカチで手の甲を巻く。慣れた手際で手当てをする姉の姿を、エミリアはまるでつきものが落ちたかのようにジッと見つめていた。

すっかり大人しくなってしまったエミリアに、ミレーユは真っすぐに視線を合わせ、柔らかな声で告げた。

「エミリア、私は貴女《あなた》を憎んだことなど一度だってないわ。過去も、未来もよ。……でも、距離を取っていたのは事実だわ」

後悔を滲ませた声が、静まり返った室内に響く。

「お父様に止められていたからだけではなく、私自身が貴女に引け目を感じていたの。貴女は生まれたときから特別だったから……」

甘い言葉はエミリアをつけあがらせるだけだ。

そう思わせるだけの言動をしてきたエミリアだったが、意外にも肯定することも、ミレーユに牙を向けることもなかった。

ただ呆然《ぼうぜん》と、包帯の巻かれた自分の左手に視線を落としていた。

「でも、それは私がそう思い込んでいただけで……。貴女はアルビノ種だから特別なわけでも、癒しの力が使えるから偉大なわけでもなかった。貴女は、お母様が命を懸けてでも、この世界に生まれてくることを願った大切な子。――大切な妹だったから、特別だったのよ」

「――っ」

まるで幼い少女に言い聞かせるような優しい声だった。

「ずっと思い違いをしていたわ。そのことで貴女の心を閉ざさせてしまったのなら、それは私の責任よ。……もっと寄り添ってあげるべきだった」

翳歯族にはよくある漆黒の瞳が、静かな夜のように穏やかにこちらを見つめている。

姉の声をちゃんと聴いたのは、いつぶりだろう。

姉の話を聴こうとしたことが、自分にあっただろうか。

あるはずがなかった。だって、最初に耳を閉じたのは、自分だったのだから。

気づけば椅子から立ち上がり、ボロボロと涙を零《こぼ》していた。

「って……ない。……思ってないわ。本当に、死んでしまえばよかったなんてっ……思ってないっ」

嗚咽《おえつ》を堪《こら》えきれず、声を漏らすエミリアの細い肩を、ミレーユはそっと抱きしめた。

「分かっているわ。エミリアは昔から切羽詰まると、自分を追い詰めることばかり言っていたでしょう。なんとかしようと焦って、本心とは違うことを言ってしまう癖があるわよね」

ドレイク国でやたらと挑発的だったのも、自国とは違う規模の大きさに圧倒され、怯《ひる》んでいたからだろう。どれだけ自国で聖女の君ともてはやされても、実際は力の弱い齧歯族の娘だ。

ミレーユを攻撃することで自我を保とうとしていたのだと、いまなら分かる。

「ちゃんと貴女を見ていれば分かることだったのに、気づいてあげられなかったわ……。ドクウツギのこともそうよ。今度はエミリアがイヤだと言っても、何度だって教えるわ。お父様がどれだけお叱りになっても、ちゃんと」

泣きじゃくり、涙で濡《ぬ》れた頬を手で優しく包み込みながら、ミレーユが優しく笑う。

「お母様が教えてくださったのは、植物のことだけじゃないわ。それを使った薬の作り方も教えてくれたの。癒しの力で補えないのなら、そういったものに頼るのも悪いことではないはずよ」

そう言って、手の甲に塗った薬を手渡す。

エミリアは素直に「はい……」と返事をして受け取るも、瞳はミレーユではなく、ルルに向いていた。

「……さっき、大切な妹だから特別だって言っていたけれど――あの侍女よりも？」

そういってルルを指さす。

「え……、ルルは……」

まさかそんなことを問われるとは思っていなかったミレーユが言いよどむと、ルルはシレッとした顔で。

「ルルは別に姫さまの特別じゃなくてもいいですよ。特別じゃないとイヤだなんて、そんな子供じみたことルルは言わないですから」

そう言って、フンと顔を背けた。

「わ、わたくしが子供だと言いたいの!? 侍女の分際で無礼な！」

「エミリア、落ち着いて……」

またいっきに不穏な空気に逆戻りしたことに慌てたミレーユが、すぐさま間に入る。

「なによっ、やっぱり特別だなんて嘘じゃない！」

「嘘じゃないわ。エミリアに渡そうと思って、これも用意したのよ」

ルルに敵意を向けるエミリアの気を散らすためにも、ミレーユは一冊の本を取り出した。

はい、と差し出された本に、エミリアは首を傾《かし》げる。

「……これは？」

「口頭だけでは伝わらないこともあるでしょう。だから書き留めてみたの。これを全部覚えれば、もう植物のことで間違ったりしないわ！」

そう言って手渡される一冊の厚みに、エミリアの表情が固まる。

「……これ……全部？」

「ええ。今回は時間がなかったから、一晩で仕上げたものだけど」

それでも、ナイルやドリス、ローラにも力を借りて出来上がった一冊だ。

内容はかなり濃いものになったと豪語できる。

「毒といってもいろいろあって、こちらの根っこは薬にもなる貴重なものなの。うちの国では自生していないけれど、西の大陸ではよく飲み薬に使用されるそうよ。それで、こちらが――」

嬉《うれ》しそうに一つ一つを紹介するミレーユに、エミリアは口を開いたまま固まった。

一枚一枚にびっしりと詳細に書かれた小さな文字。

花や木の形状も絵で描かれ分かりやすく記載されているとはいえ、あまりに情報量が多すぎる。

その本の厚みたるや、一撃で撲殺できそうなほどだ。覚えられる気がまったくしない。

「こ、こんなに覚えられないわ……」

「大丈夫よ。エミリアは頭がいいもの！」

笑顔で確信され、エミリアは目を白黒させた。

まさかこの姉は、自分にできることは聖女たる妹ならすぐにできてしまうと勘違いしているのではないだろうか？

嫌みでも嫌がらせでもなく。本気でそう思っている節のある姉から逃げるように目線を上げれば、兄と、姉の婚約者と目が合った。

その目は、「やれ」という無言の圧を放っていた。

拒否の返事は許さないとばかりの厳しい視線に、ゴクリと唾を呑《の》む。

「はい……覚えます……」

エミリアはただ黙って、分厚い本を受け取るしかなかった。


なぜか顔色の悪いエミリアの様子に、慣れ親しんだ暗くじめついた回廊を隣で歩いていたミレーユは足を止めた。

「まだ手が痛むの？」

声をかけるも、「姉様にわたくしの気持ちなんて分からないわ……」と恨めしげな瞳で睨《にら》まれてしまう。

（さきほどは心が通ったように感じたけれど、あれは私だけの錯覚だったのかしら……）

少し落ち込むと、その様子を見たカインが、あからさまな威圧をエミリアに向けた。

「ひっ！」

エミリアは小さく悲鳴をあげると、そそくさとミレーユを壁にした。

ミレーユへの暴言を、彼がまったく許していないことは一目瞭然だった。

後ろを歩いていたロベルトは、その様子を少し呆れながら見つめていたが、足が王座の間に近づくと、徐々に表情が変化した。

眉は吊り上がり、瞳が剣呑《けんのん》な色を帯びる。

「ミレーユ、急遽《きゅうきょ》あちらに赴くことになったんだ。ろくに荷造りもしていなかっただろう」

「お兄様……？」

「ルル、お前はカイン様を客間に案内しなさい」

もう少しで父のいる王座の間に到着するというところで、ロベルトがおもむろに命じた。

まさかここまで来て、蚊帳《かや》の外に置かれるなど思ってもいなかったミレーユは、慌てて言い返す。

「いいえ。私もまいります！」

強く宣言するも、ロベルトは首を横に振る。

「お前が一番気にしていたのはエミリアのことだろう。なら、もう願いは叶ったはずだ」

「ですが……」

なおも言い募ろうとするミレーユに、冷たい声が落ちる。

「――正直に言おう。父上との話し合い、お前には立ち会ってほしくない」

ハッキリと告げられ、大きく目を瞠《みは》る。

「それほど私は頼りないということでしょうか？」

「違う！……ただ、お前には見られたくないだけだ」

なにを？　と問おうとして見上げれば、そこにはロベルトの苦痛そうな瞳があった。

ひどく嫌な予感がして、ミレーユは唇を閉じる。

「もし、俺が父上の首を刎《は》ねたとして、お前に耐えられるのか？」

「!?」

「本来、竜族の方々を謀《たばか》った時点でそうなってもおかしくなかった。カイン様がそれを許したのは、お前への配慮ゆえだ」

「…………」

それは痛いほどに理解している。

竜族を謀ったというのに、目に見える罰は与えず、警告だけで留《とど》めてくれたことも。

自分に心理的負担をかけまいと、エミリアや父の言動をあえて伝えようとはしなかったことも。

俯《うつむ》き、唇を噛むミレーユに、ロベルトは続けた。

「だが、俺は違う――」

断ち切るような強い口調だった。

ミレーユは驚いて、小さく「お兄様」と呟《つぶや》くも、それ以上の言葉が出てこない。

驚愕と動揺が入り交じった瞳で見つめると、彼は冷笑を浮かべた。

「俺が父上を恨んでいないと思っていたか？　常に死と隣り合わせの場所に送られ、系譜から消されてなお、あの男を父として愛しているとでも？」

北の要塞での生活を、ロベルトはここまでの道中も多くは語らなかった。

それでも、どんな場所かは聞き及んでいる。

息すら結晶化する氷の地獄。

外に少しいるだけでまつ毛は凍り、皮膚を外気に晒《さら》せば寒さを通り越し痛みを伴う。

乾燥した空気は喉や気管支の潤いを奪い、空咳《からせき》を引き起こし身体を苛《さいな》んでいく。

国を守るため、いままでも多くの若者が送られたが、任務期間を終えて無事に戻ってくる者は少ない。

ある者は言う。

あの場所の空気は火だ。ほんの少し素肌が触れるだけで、熱く強い痛みが走る。

氷の大地は、火の大地でもある――――、と。

(そんな場所で、お兄様は十年も……)

部屋を暖めるための燃料も多くはなかったはずだ。

彼が言う、死と隣り合わせの場所というのは、けっして大げさな表現ではない。

なによりロベルトはカインの回復魔術がなければ右腕を失っていた。

「…………分かりました」

横に寄り添ってくれるカインがいなければ、声が震えていただろう。

彼の存在を力強く思いながら、言葉を紡ぐ。

「私は席をはずしましょう。お兄様の……次期王として国を支える方のお心を信じております」

結果がどうあろうと。すべてを受け入れる覚悟で、ミレーユは真正面から兄を見つめた。

それがいまの自分にできる精一杯だった。


エミリアだけを連れ、ロベルトは王座の間へと行ってしまった。

じっとその方角を見つめ続けるミレーユに、カインはそっと声をかける。

「ロベルトのことが心配なら、私も共に行こうか？」

竜王であるカインがロベルトの傍《そば》にいれば、確かに百人力だろう。

そんな風に優しく気遣ってくれる婚約者に、けれどミレーユは無理やりでも笑みを作り、首を振った。

「きっと大丈夫です。兄は、母からの教えを一番受け継いでいますから。……それに、今回の件で兄の取る手が簒奪《さんだつ》という形になってしまったとしても。それは兄一人の責任ではありません。私たち、王族の責任です」

「ミレーユ……」

「そうさせてしまった原因を作り、放置し、今日まで来てしまったのは私たちですから」

王家に生まれた娘らしい潔さだった。

第一位王女といっても実際はなんの権限もなく、悔しい思いもしただろうに。

そんなことはおくびにも出さず、当然のように責任は負おうとするミレーユの姿勢に、カインはしみじみと考える。

（やはり、根本的に竜族とは考えが違うんだな……）

国という体制は取っているが、基本的に竜族は個人主義だ。

己の責任はすべて己が取る。他者の責任など負わない。

なぜなら、それを必要としないだけの力があるから——。

だが、価値観が違うからといってミレーユの想《おも》いが不自然だとは思わなかった。

出会ったときと変わらぬ彼女の信念が、そこにはあるのだろう。

否定することなど、たとえ傲慢な竜とてできない。

「いつまでもこんなところでお待たせしてしまって申し訳ありません。すぐに支度してまいります。どうぞ客間でお待ちください。貴国と違い、とても狭くて暗いですけど。——あ」

なにかを思い出したように、ミレーユが口元に手をあてた。

「どうした？」

「いえ……。帰郷したら、しなければならなかったことを一つ思い出しまして。すぐに戻りますので、そちらのお時間もいただいてよろしいですか？」

「ああ、もちろん」

こころよい返事を貰《もら》えたことに、母国に戻って以来、ずっと緊張の面持ちだったミレーユの頬に、やっといつもの笑顔が戻った。

確執

十年ぶりに見る父の顔には、驚愕《きょうがく》と恐れが浮かんでいた。

どうやら、息子とはよほど会いたくなかったようだ。

（それもそうだろうな。自分の行いを理解していれば……）

ロベルトは内心鼻で笑いながら、憮然《ぶぜん》とした態度で王座へと進んだ。

周りの臣下たちが、長らく留守にしていた長子の姿にハッとする。

幼い少年が青年へと成長しても、王妃の面影と、妹姫であるミレーユに似た面差し。

わざわざ名を名乗らずとも、自分が誰か推測できたのだろう。

「お久しぶりです、父上。しばらく見ぬうちに、ずいぶんと静かな城になったものですね。召使いもかなり減ったようで」

皮肉を口にすると、父の顔が憎々し気に醜く歪《ゆが》んだ。ロベルトは構わず続ける。

「当然ですね。給金も支払わぬろくでもない雇い主のもとで働くなど、私でも御免蒙《こうむ》る」

金がなかったはずはない。ドレイク国から支払われた莫大《ばくだい》な婚資金があったはずだ。だというのに、滞った支払いと王の傍若無人さに、多くの使用人たちは耐えきれなくなり辞めていた。

さすがに王座の間には数名の兵が配備されていたが、大手門には一人の守兵もいなかった。

「いままで間に入っていたミレーユを失った途端、このありさまですか」

「私の命に背き、持ち場を離れたお前がなにを偉そうに！　いますぐに北の要塞に戻れっ。敵にでも攻め込まれたら、お前の責任だぞ！」

「ご安心ください。あちらには私などでは足元にも及ばない、とても優秀で素晴らしい人材が派遣されておりますので」

「なに!?」

「竜族の屈強な兵が五名。私が北の要塞を離れる間、代わりにと派遣してくださったお方がいらっしゃいましてね。おかげで久しぶりに妹に会うことができました。まさか、あれが婚約していたとは知りませんでしたが」

「…………」

顔が引き攣《つ》ったのがすぐに分かった。臣下たちも一様に目を見開く。

なぜロベルトがいまここにいるのか、やっと理解したようだ。

「ミレーユもそうですが、エミリアも結婚したそうですね。こちらも後で聞きましたが、相手は世界の理《ことわり》の意味すら理解せず、ただ強者は弱者をいたずらに嬲《なぶ》っていいと勘違いしているうつけを選んだとか。父上の人を見る目のなさには、ほとほと愛想がつきました」

「お、お、お前はっ、帰ってきて早々、この私を侮辱するのか！」

喚《わめ》く父に、ロベルトの目がスッと吊《つ》り上がる。

「侮辱したくもなりますよ。よもや、神の種族といわれるお方を謀ろうとしたなどと聞けば！」

ドレイク国の客間にすら遠く及ばない質素な王座の間に、ロベルトの一喝が響く。

「貴方《あなた》は、お前たちは、これがどれほどの大罪か分かっているんだろうな⁉」

父と臣下たちを鋭い瞳で睨《にら》みつけると、全員が身を竦《すく》めた。

もともと齧歯《げっし》族《ぞく》の中でも高かったロベルトの魔力は、北の要塞でより磨かれ研ぎ澄まされていた。

その力は、近隣諸国の王族にも劣っていない。

努力など欠片《かけら》もせず、怠惰を極めた臣下たちは恐れおののきながら、それでも反論した。

「あの件につきましては、竜王陛下直々にお許しをいただいて……」

「条件も満たさず、許しだけもらったという認識なのか？　なぜエミリアをスネーク国に送り返さなかった。条件の一つだったはずだ」

「それは、ご本人が大層嫌がりまして……」

「だからなんだ。自分がした不始末だ。自分で取らせろ」

「で、ですが……、エミリア様は聖女でいらっしゃいますし……」

厳しく責めれば、答えに窮した顔でもごもごと言いよどむ。

「呆《あき》れたな。指一本で国を滅する力を持たれる方を敵に回した自覚がないのか。それとも、お前たちもエミリア同様、ミレーユがどうにかしてくれるとでも思っていたのか？」

当て擦《こす》りで放った言葉に、臣下が黙る。

（なぜどいつもこいつも、ミレーユに頼ってばかりなんだ！）

散々ないがしろにしてきた娘に、なぜそうも図々《ずうずう》しく縋《すが》れるのか理解に苦しむ。

憎々し気に舌打ちし、そこでハタと気づいた。

（そうだった……母上が存命中も、すべての公務の指揮は母上が執っていた。それでか……）

もともと王家の血を引くだけで、目の前の男には国を動かすだけの裁量がない。

すべては母の手によって行われ、彼女の亡き後は、彼女に付いていた臣下たちがそれを担っていた。

しかしこの男は諫言《かんげん》を厭《いと》い、彼らを排除したのだ。

少なからず残った者たちも、王の横暴に耐えきれず自ら退いた。

その結果が、いまの甘言ばかりを吐く者だけで構成された無能者の集まりだ。

国を治めるなど、土台無理な話。そして、その尻拭いは――――。

「すべてミレーユにやらせていたのか」

ミレーユがライナス商会からの仕事を嬉々《きき》として請け負っていたのも、国の財務を知り尽くしていたからなのだろう。

「そんな体たらくで、よくミレーユを不当に扱えたものだな」

考えていた以上に妹が国を支えていた事実に、ロベルトは片眼《かため》を覆った。ミレーユがいなければ、クーデターを起こす前に国が滅んでいた。

（この男の愚かさは分かっていたつもりだったが……。くそっ、十年前にもっと俺に力があれば！）

あのときは啖呵《たんか》を切り、脅しをかけることしかできなかった。

妹の婚約者と違い、力のない自分を恨めしく思いながらも、ギリっと奥歯を噛《か》みしめ耐える。

「……もっと早く、あんたを玉座から引きずり落とすべきだったよ」

「うるさい！　口を慎めっ、この痴《し》れ者《もの》が！」

「慎むのはそちらだろう。いま、あんたの命はミレーユの慈悲の上にあることを忘れるな」

「慈悲だと!?　いつあれが私よりも偉くなったっ。私は王だぞ！」

「竜王の花嫁と、齧歯族の王。どちらに価値を置くかなど子供でも分かるだろう」

せせら笑いを浮かべて言えば、泡沫《ほうまつ》を飛ばし男が叫ぶ。

「そんなものは認めん！　認めんぞ！」

王座を立ち、喚き散らす姿はまるで子供の癇癪《かんしゃく》だ。

見るに堪えない姿にロベルトが辟易《へきえき》していると、男は突然甲高い声で笑い出した。

「やはり、ミレーユは凶兆だったのだ！　生まれたあの日、殺しておくべきだった！」

「ふざけたことを……ッ」

怒りを露《あら》わにするロベルトに、男はなおも言い被《かぶ》せる。

「少しは役に立つかと生かしてやったというのにっ。私をないがしろにする存在ならもういらん！

あの娘が愛したものものもすべていらん！　消えてなくなればいいのだ！」

早口でまくし立てる男の瞳は、すでに理性を失っていた。

「この国も、民も、森も――蛇どもにくれてやればいい！」

（蛇？　まさか……）

嫌な予感に、ロベルトは血の気が引いた。

✿✿✿

鳥が高く飛んでいる。

首を上げ、木々の間からその姿を捉えると、ミレーユは知らずほほ笑んでいた。

（国を離れていたのは、さほど長い期間ではなかったというのに、ずいぶん懐かしく感じるわ）

静かに佇《たたず》んでいると、鳥たちはいっせいにミレーユの傍《そば》に寄り、肩や指に止まった。

カラフルな色合いの鳥たちは、動物が人へと進化したあとに生まれた生き物。

正式には後鳥《ごちょう》と呼ばれる。

ミレーユたちは普段、何気なく鳥と呼ぶが、鳥綱族《ちょうこうぞく》たちは後鳥と呼ぶのが一般的だった。

「ふふ、私のことを覚えていてくれたの？」

指に止まっていた琥珀色《こはくいろ》の鳥が、まるで返事をするように首を回す。

まだロベルトが城にいたときは、鳥に囲まれるミレーユを見て、「まるで誘鳥木だな」と笑っていたことを思い出す。

久しぶりに戻った母国は湿った風が冷気を纏《まと》い、芯から身体《からだ》を冷やす。コートを羽織っていても
それは同じで、ドレイク国とは温暖さがまったく違った。

それでも、やはり生まれ育った故郷は特別だ。

鳥たちに別れを告げると、ミレーユは足を急がせ、目的の場所に向かった。

（カイン様をお待たせしているし、急がなくちゃ）

着いた場所は、祭祀《さいし》では必ず使用される祠《ほこら》。

本来、王族でもあまり祭祀以外では近づかないが、ミレーユは昔から頻繁に訪れていた。

ここは、ヴルムと出会った特別な場所だ。

なにかあればここに来て祈り、ヴルムとの思い出に浸った。

それが、ミレーユにとっての日常であり、大切な時間だった。

「そういえば、この祠も石なのね……」

祠は、大人一人が入るのがやっとの大きさの石祠。

ご神体はその奥の扉の中に祀《まつ》られているらしいが詳しくは知らされていない。

ミレーユは石祠の中で膝をつくと、祈りを捧《ささ》げた。

太陽への感謝、月への感謝、大地への感謝。

この世の森羅万象すべてに対する感謝を捧げるのだ。

そして、最後に――――。

「ありがとうございます……。私の願いを聞き届けてくださって。おかげで、またヴルムと再会することができました」

ヴルムに出会うまで、願い事はいつも国のことばかりだった。

ロベルトが留学してからは兄の健康も祈ったが、個人的な願いはしなかった。

それが、ヴルムに出会ってからは、どうしても最後にはこの願い――再会を願った。

願えば叶《かな》うと、本気で思っていたわけではない。

ただ、忘れたくなかった。記憶の中から消したくなかった。

父や臣下たちから夢でも見たのだろうと言われ、自分でもそうなのかもしれないと思うことは何度もあったが、ここに来るたびに思い出し。そして願ってしまうのだ。

一度だけでもいい、また会いたい、と……。

十年という、齧歯族には長い時間を願い続けたのだ。きっと、ご神体にもしつこいと思われていただろう。

謝罪を含めての感謝を捧げ終わると、スッと立ち上がる。

「そろそろ戻らないと」

城で待つカインを、これ以上待たせるわけにはいかない。

しかし、石祠を出ると、森の空気に違和感を覚えた。

それがいったい何なのか。正確には分からないが、良くないものが近づいているような、そんな気配がした。

（魔石に触れたあの日から、五感が鋭くなっているような気がするわ）

自分の指を見つめ、今までとは違う感覚に戸惑う。

だが、すぐに落ち葉や草を踏みしだく大勢の足音に気づき、はっと意識を向けた。

（神域である森には、祭事でもない限り民は近づかないはずよ）

ましてや土を踏み鳴らすような行歩などするはずがない。

ミレーユは用心深く辺りを探るが、木々が密集する森は葉が邪魔をして遠目が利かない。

それでもしばらく歩くと、広く視界が開けた場所に出た。

（え……――？）

そこで目に入ったのは、スネーク国の軍勢。

数人などという数ではない、まるで戦でもするかのような――。

「なんだ。やはり国にいたのではないか」

驚愕するミレーユの姿に気づき、一人が前に出る。

軽薄そうな笑みを浮かべるその男は、ミレーユもよく知る人物だった。

✿✿✿

客間だという部屋に案内されたカインは、自国に比べて粗末な椅子に座り、「はぁ」とつまらなそうにため息を吐《つ》いた。

ミレーユが傍にいないだけで、城の薄暗い圧迫感が増し、気が滅入る。

「そういえば、ミレーユの用事とは何だったんだ？」

「森にお祈りに行かれたんだと思います。姫さまの日課でしたから」

カインの呟《つぶや》きに、厨房《ちゆうぼう》から持ってきたという茶葉で紅茶を淹《い》れていたルルが答える。

「森……それは私と一緒でもよかったのでは？」

「お祈りのときは、ルルもお留守番してましたよ。————できました！」

淹れたての紅茶を掲げ、嬉々としてカインに手渡そうとする。

しかし、ルルはカップの中に満たされている茶をじっと見つめると、なぜか自分でコクコクと飲み干し始めた。

「……私に淹れてくれていたわけじゃないのか？」

とくに飲みたかったわけではないが、さきほど真剣な顔で「いまから、ルルは竜王さまにお茶をいれます！」と宣言したアレはなんだったのか。

思わず首をひねっていると、ルルは飲み干したカップを手に、こちらを向いて叫んだ。

「竜王さま、このお茶マズイです！」

「は？」

「ナイルさんに教わって、ルルも紅茶をおいしくいれられるようになったと思ったのに！　これ、薄くて苦くてぜんぜんおいしくないです！」

「はぁ……？」

どうやらルルは喉が渇いていたのではなく、紅茶の色がまったく違うことが気になって飲んでしまったようだ。

ひどくショックを受けているルルに、カインも別のカップに茶を注いで一口飲む。

「別に、不味《まず》くはないんじゃないか？」

「マズイですよ！　この前、ナイルさんといれた紅茶と違いすぎます！」

「違うのは仕方ないだろう。茶葉が異なれば味も変わる」

「…………ちゃば？」

考えもしなかったのか、ルルが目をきょとんとさせた。

「ナイルが用意しているのは最高品質のものばかりだ。どれだけ淹れ方を精進しても、さすがに同じ味は無理だぞ」

カインの説明にやっと納得したルルが、今度は茶葉が入った缶を手にひとりごつ。

「ルル、姫さまにいつもこんなマズくて苦いお茶をだしてたんですか……」

そこで、『マズくて苦い』から、あることを思い出したのか。

ルルはカインを見上げ、不思議そうに尋ねた。

「そういえば、さっきエミリアさまがおっしゃってた『ドクウツギの毒』って何のことですか？」

「――あ。飴玉《あめだま》を持っていたな。ルル、食べるか？」

「食べます！」

ルルは食い気味に両手を出し、飴玉を受け取った。

「あめ、おいしいですぅううう！」

苦い紅茶の味が残る舌には、甘いお菓子はより一層おいしく感じられたのだろう。

コロコロと満足そうに口の中で飴玉を転がすルルに、カインは心底ほっとした。

（ルルが単純で助かった）

「ふわぁ～」

飴玉に集中していたルルの頭の上で、惰眠を貪っていたけだまが欠伸《あくび》をした。

けだまは、グリレス城の冷たくところどころ欠けた石床が気に入らなかったのか、一切自分の足では歩こうとせず、ずっとルルの頭の上に乗っていた。

「お前……、そろそろ自分の足で歩けですよ」

天敵の存在を思い出したルルが悪態をつくと、けだまがピクリと耳を動かし、スッと音もなく床に降り立った。その無駄のないしなやかな動きは、子猫ながら肉食獣を思わせた。

けだまはルルに背を向け、小さな四本の足を真っすぐに伸ばすと、

「フーッ！」

と、唸《うな》り声《ごえ》をあげた。

「なんですか!?　なんでフーッてするんですか!?」

完全に子猫にビビっているルルは、すぐさまカインの後ろに隠れ、非難めいた泣き顔で叫んだ。

けだまがいったい何に威嚇しているのか。さきに気づいたのはカインだった。

「……何か来るな」

「ふえぇ？」

「魔力はたいしたことがないが、あの辺りに大勢の気配を感じる」

カインが指さしたのは、窓から見える森林の一か所。

途端、ルルが不安そうな目でカインを見上げた。

「……あそこ、祠のある場所です。姫さまが向かった場所ですよ」

「ッ！」

ルルが言い終わる前に、カインは客間を飛び出した。

竜王の怒り

「……これは、ヨルム王子。ご無沙汰しております」

蛇を先祖とする有鱗族《ゆうりんぞく》、スネーク国の王子の姿に、ミレーユは息を呑《の》みつつ礼をとる。

妹の夫であるが彼が、なぜここに？

（エミリアを迎えに来たにしても、なぜ武装しているの……）

彼の身なりは鎧《よろい》で固められており、出陣を思わせるものだった。

「皆様、本日はどのようなご用向きでしょうか？」

息を吸い込み、できるだけ冷静に問えば、ヨルムは嘲るような視線でミレーユを一瞥《いちべつ》した。

「グリレス王から聞いたぞ。君がエミリアを監禁していると！」

「……は？　お、お父様が、そのようなことを……？」

いったいどういうことだろう。

カインと直《じか》に話した父が、そんな言い逃れを彼に伝えたなど信じたくなかった。

そもそもカインの話では、スネーク国にも書簡を送ったと聞いている。

「書簡？　あんな偽造したもので僕が騙《だま》されるとでも。竜族の名を騙《かた》るなんて、お前も大それたことをしたな」

なぜか、彼はドレイク国からの書簡を偽造だと言い切った。

竜族の封蠟《ふうろう》はかなり精緻なもの、とても偽造できるような品ではない。

しかし、ヨルムは自信満々な態度を崩さなかった。

「あんな魔力もたいしたことがない優男が、竜族の使者のわけがないだろう。まぁ、書簡はうまく作ったようだな。父上はすぐに騙されていたが、僕は違う！」

こちらを指さすと、まるでお前の悪行は見抜いているとばかりに嘲笑《あざわら》う。ミレーユは啞然《あぜん》とした。

（それは……、その使者の方が、魔力封じの衣を着ていらっしゃったからでは……）

ヴルムもそうだった。初めて出会ったときは、まったく魔力を感知できず。その出《い》で立《た》ちから、森の妖精だと思ったほどだ。

実際は、魔力を封じる衣や小物を付け、それによって膨大な力を抑えていただけだという。

彼ら竜族は、他国に赴く際はそういった配慮をするのだ。

その配慮を、ヨルムは『偽者であるため魔力が低い者』として勘違いしていた。

（これはどうご説明するべきかしら……カイン様にお会いいただく？　いえ、それは……）

ヨルムが幼いときからミレーユに対し不遜な態度を取っていたことを、カインはルル経由で知っている。

二人が会うのはあまりよろしくないと、危険予知が警鐘を鳴らす。

どう説明するべきか頭を悩ませていると、ヨルムはとんでもないことを言い出した。

「お前が僕のことを好いているのは知っている！　だからといって、妹に嫉妬するあまりエミリアを監禁するなんて、許すまじき行為だぞ！」

「………………はい？」

咎《とが》められた言葉に、思わずミレーユの目が点になる。

（えっと……、それは……どういう⁇）

聞き間違いでなければ、自分が彼を好いている、と。そう言っただろうか？

なにがどうなってそんな結論に達したのか分からない。

当惑するミレーユをしり目に、ヨルムはなおもまくし立てた。

「まぁ、お前は昔から僕に従順だったし、側室くらいなら許してやろう。母上はエミリアよりも、お前を気に入っていたようだし」

「は、はぁ……？」

従順だったのは、ほんの少しのいざこざでも怒りを露《あら》わにし、開戦の狼煙《のろし》を上げようとする隣国から自国を守るためであって、それ以上の気持ちなど一切ない。

（従順であることが、彼にとっては好意の形なのかしら？）

そうなると、自分の意見を主張し続け、嫁ぎ先に戻らなかったエミリアは、彼のことを好いていないということになるが、それはいいのだろうか。

「あの……何かお間違いかと存じます。エミリアを閉じ込めるようなことはしておりませんし、私は婚約中の身です。その方以外に心を惹《ひ》かれることなどございません」

以前のミレーユなら王子に恥をかかせないため、できるだけ言葉を濁していただろう。

だが、今回はハッキリと否定した。

いまの自分は、カインに誓いをたてた身だ。

たとえ相手が勘違いしているだけだったとしても、そのまま捨て置くわけにはいかない。

初めてヨルムに立てつくような発言をしたことに、心臓は緊張でばくばくと脈打つ。

けれど胸元に手を伸ばし、ドレスの上から竜印に触れると、不思議と潮が引くように気持ちが落ち着いた。まるで心まで竜印に守られているようだ。

そんなミレーユの態度に、ヨルムは見るからに不機嫌を露わにした。

舌打ちすると、後ろの兵に何かを告げる。

(……なにを……？)

彼の好戦的な性格はイヤというほど知っていた。

一言逆らっただけでも、敵意を向ける男に、ミレーユは不穏な空気を感じ取る。

最悪なことに、その通りとなったのは直後のことだ。

「おい、放て！」

短い命令に、兵はすぐさま弓を持ち。

ビュン！　と風を切る音と共に、矢を放った。

しかもただの矢ではない。――――火矢だ。

さすがに王女であるミレーユに当てるつもりはなかったのだろう。火矢はミレーユより離れた場所に落ちた。

だが、ほっとすることはできなかった。

ヨルムは、ミレーユの大切なものをよく知っている。

自身に矢を当てられるよりも、もっと苦しむ方法を知っているのだ。

こんな草木の枯れた時季に火を放てばどうなるか。そんなことは考えずとも分かる。

「――ッ!!」

ミレーユはすぐさま着ていたコートを脱ぎ取ると、打ち付けることで火を消そうと試みた。

しかし、乾いた大量の落ち葉が着火材となり、瞬く間に広がってしまう。

大地を焦がす火と、もくもくと立ち昇る黒い煙。

襲い来るそれらは、ミレーユにも牙をむいたが、

(熱くも、苦しくもない……)

竜印の力か。まるでシールドが張られているかのように、火も熱もすべてがミレーユの前では無効化されていた。

(けど、……私は無事でも……)

神聖な森が、このままでは焼き尽くされてしまう――――。

動転する心を叱咤《しった》し、ミレーユは思考を巡らせた。

「そうだわ……。氷の術で鎮火させれば！」

いまなら路傍の石でも広範囲で凍らせることができる。

ミレーユは急いでしゃがみ込むと、術を込められるような石を探した。

指で大量の落ち葉をかきわけ、どんな小さな石でもいいと目を凝らすも、焦っているせいか、枯葉と土ばかりで目当ての物は一向に見つけられない。

（どうしよう……装飾品はすべて外してしまったわ）

宝石のついた耳飾りも腕輪も、自国のドレスには不釣り合いだと、着替えたさいにすべて置いてきてしまった。

呆然《ぼうぜん》としている間にも火は上がり、樹木の幹に達していた。

（このまま燃え広がれば、森を失ってしまう……）

恐ろしい想像に血の気が引き、その場にへたり込んでしまう。

視界を黒く染める煙の恐怖に、ミレーユの目に涙が滲《にじ》む。

（少し戻れば祠《ほこら》があるけれど……、まさか国の大切なご神体を祭っている石祠に術をかけるわけには……）

想像するだけで恐れ多さに震えがくる。

何より、戻っている間にも火は広がるだろう。

そうなれば、この辺りは見る影もなく燃え尽きてしまう。

完全に八方塞がりの状態に眩暈《めまい》がした。

(ダメよ、絶望している暇なんてないわ!)

ミレーユは震える指を握り締め、前を向いた。

土で汚れた指を、もう一度地面に伸ばす。

枯れ葉に隠れているだけで、石は必ずある。

幼いころから何度も森に出入りしてきたのだ。必ずあるという確信がミレーユにはあった。

(絶対に、森は失わせない……!)

齧歯族《げっしぞく》にとって神域という理由だけではない。

この森はヴルムと出会えた特別な地。

ミレーユにとって、かけがえのない思い出の場所なのだ。

あのとき、ほんの少し時間がずれていたら、
あの一瞬、音を気にせず祈りに集中していたら、

――――きっと、彼と出会うことはなかっただろう。

奇跡を与えてくれたこの地を、ミレーユはわが身に代えてでも守らなければならなかった。

「あ……!」

ふいに、手に当たる硬い感触。

急いで地面を掘り返すと、それは指先ほどの小石だった。

ミレーユは瞬間的に、いま自分のなかにあるすべての魔力を石に注いだ。

石はすぐさま反応し、術が地面を薄氷で覆う。

と、同時に。

――ザァーと、大量の水滴が空から降り注いだ。

「え……？」

水滴は薄氷では届かなかった高い木々にまで登った火を、みるみるうちに消火していく。

「……雨？」

空は曇っているとはいえ、そんな兆候はなかったはず。

これは、自然の雨ではない。そうでなければ、重い礫《つぶて》のような水滴が自分には一切当たらず、ドレスも乾いたままなどありない。

（これは……）

「ミレーユ、無事か!?」

「――カインさま！」

響く声に顔をあげた瞬間、まず目に飛び込んできたのは大きな翼だった。

翼と言えど、鳥とはまったく異なる形状。

顔を動かさなければ末端が視覚におさまらないほどの翼幅。

なにより驚いたのは、その色だ。

深紅に黒を一滴落としたかのような色合いは、どんな宝石よりも艶《あで》やかに煌《きら》めいており、太陽の光をもはじき返す。

（なんて……神秘的でお美しいの……）

背から伸びやかな翼を広げ、地に降り立つ彼の姿に、ミレーユは現状すら忘れて見入った。

けれどカインが地に足を着けると、光の渦を巻きこんで四方へ飛び散るように翼も消えてしまう。

もっと見つめていたかった。できることなら、この手で触れてみたかった。

さきほどまで抱いていた恐怖も忘れ、惜しむミレーユとは裏腹に、ヨルムたち一行は完全に硬直していた。

彼が空から現れた瞬間、森で羽を休めていた鳥たちが一斉に羽ばたき、まるで脅《おび》え逃げ惑うように天へと走り去った。

そのおびただしい数は一瞬にして大空を黒く染めるほどで、ひどく異様な光景だった。

鳥たちの異常行動は、人へと進化したヨルムたちにも通ずるものがあった。

空から降り立ったそれを見た瞬間の恐怖を一言で表すなら、――『災厄』だろうか。

人智《じんち》を超えた力を前に、唖然としている彼らには一瞥もくれず、カインはすぐさまミレーユに手を差し伸べる。

「ケガはないか？」

「はい……。私は竜印のお力が守ってくださいましたから」

手を借りて立ち上がると、ほほ笑んで返す。

（十年前と同じだわ……）

どれほど不安に駆られても、カインが傍《そば》にいる。それだけで心が和らぐ。

ミレーユの無事を確認したカインは「よかった……」と安堵《あんど》のため息をつく。

しかし、すぐに首を傾《かし》げ。

「なにも羽織らずに外に出ていたのか？」

「あ……、コートを持っていたのですが」

火を消そうとして何度も打ち付けたコートは足元ですっかり黒焦げになり、布切れと化していた。

自国にいたときから大切に着ていたものだったが、ミレーユの手でも修復は不可能なありさまだ。

残念だが、悔いはないと無残に焼け焦げ小さくなってしまったコートを拾い上げようとして、そこでハッと気づく。

カインが着ていたはずの、大量の魔力を封じる衣がいまは着衣されておらず、辺りを見回しても見当たらないことに。

「カイン様……、抑制の衣はどうされました？」

「ああ、翼を出すのに邪魔だと思って、どこかに捨ててきたな」

何ということもないように、彼が言った。

「す、捨て……!?」

「すまない。君になにか羽織るものをもってくるべきだった」

ミレーユの驚愕《きょうがく》とはまったく別の心配をするカインに、慌てて叫ぶ。

「いますぐ捜しに参りましょう！」

当然の発言に、しかしカインは難色を示した。

「あの衣は初代竜王の力がこもっている。ミレーユに、他の男の魔力が混じったものなど羽織らせたくない」

「いえ、そうではなくて………」

なぜ自分が着る前提なのだろう。

（いま心配すべきは、抑制の衣の所在です！）

なんとか必死に伝えるも、彼はシレっとした顔を崩さず、なおも言う。

「あんなもの捜すより、城に戻ってミレーユの身体《からだ》を温める方が先だ」

（あんなもの……？　抑制の衣は世界に一着しかない。初代竜王陛下の残した大切な遺産ですよね?!）

ドリスから聞いた話によると、衣一着には推定でも何千万という魔石が使われているとか。

世界で唯一の宝をあんなものと吐き捨てるカインに、ミレーユは気が遠くなる。

「わ、私はこちらの生まれですから、この程度の気温には慣れております。ですから、そんなことよりも衣を捜しに……」

必死に食い下がるも、彼の関心はまったくと言っていいほど抑制の衣にはなく。

「だが、指先がこんなに冷たい」

かじかむ指を取られ、心配げに言われる。

「それはさきほど土を触ったからで……。いけません、汚れが移ってしまいます！」

土で汚れた指を隠すように手を引くも、カインはそれを許してはくれなかった。

包み込むように両手を重ねられ、同時に水風船のようなものがミレーユの指を覆った。

「これは……？」

気づけば、あっというまに土で汚れた指が白く戻っていた。

彼の力は、それだけではなかった――。

カインはまだ手の中に残る、宙に浮く水を焼け野原となった地へ放つ。

放物線を描いて雫《しずく》が散ると、瞬時に黒く焦げた草や木が元の姿を取り戻した。

焼け落ちた木々は以前よりも力強く大地に根付き、青々とした草木が風に揺れる。

目を疑うような光景に、ミレーユは絶句した。

（ば、万能すぎます……）

竜王という存在が持つ能力の多才さと威力に、畏怖の念からふるりと身体に震えが走る。

それが悪かったのだろう。

いよいよカインの頭の中は、ミレーユの冷えた身体をどうにかしなければならないという謎の使命感に占められてしまったのだ。

「！　そうだ。抱きしめて温めるというのはどうだろう？」

「はい……？」

至極真面目な顔だった。

ミレーユがその意味を理解する前に、長い両腕が伸び、ふわりと風が舞う。

気づけばギュッと均整の取れた胸筋の中に閉じ込められ、服から伝わるカインの体温に、温まるどころか瞬間沸騰だ。

ミレーユは、声なき悲鳴をあげた。

（◇♌×♅◆♊☆♏△♃▲♈！！！？？？？？）

動揺のあまり失神しそうになるも、さきほどの山火事の残り香だろうか。

一瞬漂った焼け焦げた匂いに、ハッと我に返ることができた。

母国ではどんくさいと言われるミレーユだが、それでも齧歯族の娘だ。

正気に戻ると同時に、俊敏な動きでカインの腕からすり抜け、彼と距離を取った。

バクバクとうるさい心臓を押さえつけ、必死に叫ぶ。

「本当に大丈夫ですので！　私のことはお気になさらないでください！」

ほとんど喚《わめ》くようなものだったが、カインにはまったく効果がなく。

「それは無理な話だ。私にとっては、ミレーユ以外のことはどうでもいい！」

言い切られ、絶句するしかない。

一刻も早く抑制の衣を捜しに行きたいミレーユと、ミレーユのことしか眼中にないカインの噛《か》み合わない会話を中断させたのはヨルムだった。

「あ、貴方様《あなた》は、いったい……」

恐々とした彼の声に、ミレーユはすっかりその存在を忘れていたことを思い出す。

大勢の兵にも、カインに抱きしめられる姿を見られてしまった。

居たたまれなさにミレーユは全身を赤く染め、俯《うつむ》く。

一方、ヨルムに会話を邪魔されたカインは、不機嫌に大軍を見つめた。

「彼らは？」

カインの問いに、ミレーユは言いにくそうに答えた。

「スネーク国の方で……あの……」

「ああ、エミリアの夫か」

嫌悪が滲《にじ》み出る、吐き捨てるような言い方だった。

「それで、なぜここにいる？　スネーク国には、グリレス国への一切の干渉と立入を禁止したはずだが」

「ほ、本当に本物だったのか？……そんな、まさか……」

うわ言のように、ヨルムが呟《つぶや》く。

「だっ、だが、お前が僕の好意を欲するあまり、エミリアを監禁したのは事実だろう!?」

「――は?」

低いカインの声に、ミレーユは縮み上がった。

(なぜよりにもよってその質問を、カイン様のいらっしゃるところで投げかけてくるんですか!?)

せめてもう少し違う角度から話をしてほしかった。

しかし、ミレーユの相手が竜王だとは思っていなかったヨルムの動揺は大きかった。

ここにきて、やっと書簡が本物であり、ミレーユの言葉が真実であることに気づいたのだ。

――竜族の命令に従わなかった罪は重い。

ゾッとしたヨルムは、自己保身に走るあまり、支離滅裂なことを言い出した。

「本気で貴方様はそこの娘を妻とするおつもりですか? ミレーユは幼いときから私を好くあまり、ずっと実の妹をないがしろにしてきた女ですよ!」

ミレーユは口を開いたまま固まった。そんな風に思われていたなんて知らなかった。

唖然としていると、

「ミレーユ、一つ聞きたいんだが――」

怒りを抑えようとするような、冷え冷えとした声だった。

カインが彼の言葉を信じてしまったのかと焦り、すぐさま否定しようとしたが、

「彼らも、竜印を視認できない種族なのか？」

「え？」

そんな質問が飛ぶとは思わず、ミレーユは目を瞬く。

「竜印が見えているなら、あんな戯言《たわごと》は冗談でも口にできないはずだが……」

紅蓮《ぐれん》の瞳が、怒りで燃えたぎっていた。

ミレーユは火柱を噴き上げるさまを、火山口の下から見つめるような心地でカインを見つめた。

恐ろしくもそれ以上に圧倒され、引き付けられる美しさだった。

（って、いまそこに気を囚《とら》われてはダメでしょう！）

怒りすら美しいカインの姿に己を律していると、彼は淡々と言った。

「竜印が視認できないゆえの暴言は許してやる。だが、そうなると貴国は書簡一つでは納得しなかったということか。竜王の地位も、ずいぶん見くびられたものだな」

「――――ッ！」

ヨルムの額に、びっしょりと大玉の汗が浮かぶ。

腕輪などの小物で魔力封じはされているとはいえ、抑制の衣はない状態だ。

カインの魔力に慣れているミレーユでさえ圧倒される威圧に、案の定、兵たちが次々と倒れていく。竜気を纏《まと》っているだけで、指一本触れてもいないというのに。

「カ、カイン様……っ！」

森を失う危機からは脱却できたが、今度は別の危機が発生してしまった。

それも、竜王の憤怒という、超ド級の危難が――――！

カインに睨《にら》まれただけで泡を吹いているヨルムの姿からも、これ以上の威圧は危険だ。

このままでは最悪、ショック死してしまうかもしれない。

（でも、どうやってお止めしたら……）

右往左往していると、不意にルルの明るい言葉が頭をよぎった。

『姫さま、ライナス商会のお仕事を竜王さまにお願いするときに、上目遣いのお願いできていましたよ！　竜王さまも姫さまにお願いされて、なんだか嬉《うれ》しそうだったし。やっぱり、メリーとジョンが言っていたことは正しかったんですよ！』

（上目遣い？　お願い？）

そんなことで、彼の怒りが落ち着くのだろうか。

いや、落ち着くどころか、逆効果になるかもしれない。

（でも……、迷っている時間は……）

偽の花嫁として出立し、ドレイク国を訪れたとき、ミレーユは死の覚悟をした。

さきほどの森でのボヤも無我夢中だった。

けれど、――――いまはそれ以上に必死だった。

「カイン様っ、やはりこの格好では風邪をひきそうで、早く城にお連れいただきたいです！」

「!!」

寒さが原因ではまったくないが、ミレーユは震える身体を両腕で掻《か》き抱き、できる限り哀れな声で訴えた。すると、カインはすぐさま怒りを消し、ミレーユへと向き直る。

「すぐに城に戻ろう！」

効果は抜群だった。

一瞬でヨルムたちのことを忘れ去ったカインは、半ば引きずるようにミレーユの手を取る。

成功したことにはホッとしたが、すでにヨルムたちは土の上に倒れた後だった。

（このままで大丈夫かしら……）

できればヨルムたちの無事を確かめたかったが、そちらに意識をやると、せっかくそらしたカインの威嚇まで戻ってしまいそうで。

ミレーユは仕方なく、気絶したままの彼らを捨て置くしかなかった。

✿✿✿

「ふざけたことをっ……！」

父の口から告げられた言葉に、ロベルトは怒りのあまり目の前が赤く染まる。

この愚か者は、『ミレーユに捕らわれているエミリアと、自分のことを救ってほしい』と、よりにもよってスネーク国の王子に嘆願の親書を送っていたのだ。

「そんなものを信じるバカがいるか！」

ロベルトは怒りのまま、王座から父親を引きずり下ろそうとした。

しかし、窓から見える立ち上る煙に、目を疑った。

あの位置は、祠のある付近。煙とともに微《かす》かに見えるのは、剣にとぐろを巻く蛇のマーク。

――――スネーク国の旗に、ロベルトは絶句した。

（そうだった……、アイツは、視野の狭い世界でしか生きられないバカ蛇だった……）

視野《しや》狭窄《きようさく》は、祖先の血なのか。

ロベルトの知るスネーク国の王子は、自分が信じたいものしか信じない質の悪い子供だ。

（あれがそのまま大人になったのなら。バカの言うことを信じるバカに育っているだろうな）

チッと舌打ちすると、すぐさま森へ足を向ける。

しかし、一瞬視界に映った大きな翼に動きを止めた。

（鳥？　にしてはやけに大きい……。いや、あれは……）

それがなにか認識した瞬間、身体に激しい負荷がかかった。

「――――ッ！」

立っていらないような圧に身体が縮まりそうになるも、なんとか堪える。

一気に噴き出た汗を拭うと、臣下が声をかけてきた。

「ロベルト王子？　外になにが……」

「見るな！」

声を荒らげ、竜王陛下の《威圧》を受けるッ。意識が飛ぶぞ！」

「見れば、竜王陛下の《威圧》を受けるッ。意識が飛ぶぞ！」

「ひぃい！」

カインの訪問までは知らされていなかった臣下たちは一様に震えあがり、背を丸くして床に這《は》いつくばった。

（一瞬視界に入れただけで、これか？　全身の毛が逆立ったぞ……）

ロベルトは肩で息をすると、少し整ったところでもう一度窓に目をやる。

すでに森に降りたのか。さきほど見た、広い翼はどこにも見当たらなかった。

（あの方は、翼をお持ちなのか……。上位種族には、元始体の姿になれる方がいらっしゃると聞いたことがあったが……）

翼だけでも、元始の姿は下級種族には威圧行為だ。目に入ると同時に震えあがってしまう。

なぜ彼が森に向かったのか気になるが、どちらにしてもミレーユが関わっているのだろう。

（煙に気づいてミレーユがカイン様に頼んだのか？　それとも、まさかミレーユ一人で森に入っていないだろうな……）

ない話ではないが、ミレーユには竜印がある。

最悪森を失ったとしても、ケガをすることはないだろう。

後のことはカインに任せ、ロベルトは目の前の常軌を逸した男に凄《すご》んだ。

「ろくに統率も取れない無能者が、悪巧みだけは立派とはな……。使用人たちに給金を支払わなかったのは、受け取った婚資金を逃亡資金にでもするためだったたか？」

「………」

沈黙は肯定だった。

「心底反吐《へど》が出る！　国を窮地に追いやったんだ、いまお前の首を刎《は》ねたとしても、ミレーユへの言い訳には十分だな！」

ロベルトは腰に下げていた剣を抜くと、ゆっくりと憎い男へと向けた。

「――あれは私の娘などではない！」

「……はぁ？」

この期に及んで何を世迷言《よまいごと》を言っているのか。しかし、なおも彼は叫ぶ。

「私の血など一滴も入ってない。ブラムの子に決まっている！」

「ブラム……？　ブラム伯父上のことを言っているのか？　あの人は、母上の兄だぞ……」

そもそも伯父は、ミレーユが生まれる二年前に亡くなっている。

「戯言にしても、もっとまともなものにしろよ。計算もできなくなったのか」

「お前もそうだ！　私の子ではないっ」

「ああ、そうか。俺もその方がよかったがな」

ロベルトは呆《あき》れて吐き捨てるも、様子がおかしいことに気づく。

自己弁護のための言い訳にしても、あまりにも支離滅裂だ。

取り合うつもりはなかったが、問わずにはいられなかった。

「この男は、いつからこうなんだ？」

柱の陰に隠れていた臣下の一人に問う。男は俯きながらも、小さく答えた。

「ミ、ミレーユ様が、ドレイク国に赴かれた辺りから、少しずつです……」

誰の意見にも耳を貸さなくなり、少しでも意に添わなければ癇癪《かんしゃく》を起す。

来年の予算についての報告も、いるはずのないミレーユにさせろと命じる。ミレーユの不在を伝えても、まったく理解していない顔をすることさえあったという。

「つまり……ボケたのか」

齧歯族の中でも長い時間を生き過ぎた弊害か。

認知機能は衰え、もともとわずかしかなかった分別も消滅していったようだ。

（いや、これは来るべくして来た因果応報だな）

簡単に推測がつく。

ミレーユの不在で、決まり事や方針を固める道筋を立ててきた者がいなくなり、いままで押し付けていた重責がすべて自分に戻ったのだ。そんな心労に、目の前の男が耐えられるわけもない。

「おい、コイツを貴族牢《きぞくろう》にぶち込め」

父親をぞんざいに指さすと、扉の前で突っ立ったままの兵に命じる。

まだ若い彼は、とくに驚くこともなく「あ、はい」と返事をした。

驚いたのは臣下たちだった。

「牢屋!? 王を牢に入れると言うのですか?!」

「貴族牢に入れてやるだけ最後の情けだ。本来なら首をへし折ってやりたいところだが、その価値もない。――早く連れていけ。もちろんそいつら全員な」

片手で持っていた剣を肩に置きながらロベルトが言うと、扉から数十名の兵が雪崩《なだ》れ込む。

まるで最初から準備されていたような手際のよさだ。臣下たちは慌てふためいた。

「な、な、な、ぜ!? なぜ私たちまで!?」

「なにを驚くことがある? 私利私欲のためにお前たちが国費を使用していたことはすでに知っている。余罪はたっぷりとあるんだ。当然だろう」

阿鼻《あび》叫喚《きようかん》の王座の間で、ロベルトは一人悠々と歩くと、入口とは別に設けられた小さな扉の前で止まった。

隙間程度に開いた扉から、まだ何かを喚き散らしている父の背中を目で追う、もう一人の妹に、ロベルトは冷たく言い放った。

「エミリア、お前もよくよく気をつけろ。俺たちには、あの男の血が半分混じっている。お前が父のように傲慢に生きるというなら、兄としてその首を刎ねなければならない。俺はミレーユのように甘くない。カイン様のようにミレーユの心を優先しない。切り捨てると決めたら容赦なく切り捨てる。――――よく、覚えておけ」

エミリアはゴクリと唾を呑んだ。

父がロベルトを恐れ、自分たちには留学だと装って北の要塞に送った意味が、いまならよく分かる。

竜族は神の種族。すべてを持ち合わせる竜王は、なにも捨てる必要がない。

けれど、齧歯族の王は違う。切り捨てる強さと残酷さがなければ、なにも守れない。

(いまのままのわたくしでは……いつか兄様から粛清される……)

身体の震えが止まらなかった。

その恐怖から逃れるように、姉から手渡された本をギュッと胸に抱きしめる。

いまは、それが唯一自分の身を守ってくれるお守りに思えた。

✿✿✿

「無事だったか……」

安堵を浮かべる兄の表情に、ミレーユはヨルムの一件に、父が関与していることを察した。

できることなら、何かの齟齬《そご》が生じただけだと思いたかったが……。

ミレーユは、恐る恐る問いかける。

「あの……、お父様は？」

「牢の中だ。手を下してやろうと思ったが、もはや殺す価値もなかった」

散々な言い様ではあったが、父が生きていることに息をつく。

「そうですか……。寛大なご処置、ありがとうございます」

「そんな気持ちは欠片《かけら》もない。簡単に殺すよりも、じわじわ苦しんで死んでくれた方が俺の溜飲《りゅういん》も下がるからだ」

そう言って、ロベルトは嘘《うそ》か本気か分からない笑みを零《こぼ》すが、ミレーユには安堵しかなかった。

北の要塞で十年を堪え忍んだ兄が、今度はその手を父の血で染めなければならないなどあまりに理不尽。この安堵は、父のためではなく、兄のためのものだった。

「それで、あの蛇はどうされたのです？」

ロベルトはミレーユにではなく、カインに尋ねた。彼は憎々し気に言った。

「さぁ、冬眠でもしているんじゃないか。……ミレーユの前だから耐えたが、怒りのあまり全員燃やすところだった」

「あの森は我らの神聖域なので、蛇の死骸で汚さずにくださったこと感謝いたします」

「灰すら残さず燃やせるが」

「でしたら、ぜひ燃やしていただきたかったですね」

冗談ではなく、本気で言っているロベルトに、エミリアが目を吊《つ》り上げた。

「仮にもわたくしの夫ですよ！」

一応情はあるのか、不機嫌な態度を示すエミリアに、カインは冷たい視線を向けた。

「あの男、やたらミレーユに好かれている自信があったようだが、君が焚《た》きつけたのか？」

「な、何のことですの……？」

カインの気迫に圧され、エミリアが後ずさる。

王子が放った言葉をそのまま伝えれば、エミリアは呆気《あっけ》に取られた顔で目を瞬いた。

どうやらエミリアも、ヨルムの発言は意外だったらしい。

これに答えたのはロベルトだった。

「あぁ、それはあのバカ蛇が、ミレーユを自分のものだと思っているからでしょう。子供の頃に振られた記憶を勝手に歪曲しているんですよ」

「「────は？」」

眉間に皺《しわ》を寄せたのは、カインとエミリア。ミレーユは何のことだか分からず、目をきょとんとさせた。

「なんですそれ……どういうことですの?!」

「お前がまだあのバカ蛇と出会う前の話だ。勝手に城に来たバカが、初対面のミレーユを見るなり挨拶もなしに『嫁にしてやるから感謝しろ』と言ったんだよ」

当時五歳だったミレーユは告げられた言葉に一瞬ポカンとするも空気を読み、ニコリと笑って遠回しに断りをいれた。

幼いながらも相手を立てた表現は、礼儀を知らぬヨルムには難しかったようで、まったくわかっていない顔だったという。

「振られていることをまったく理解できていない、あのバカの顔は見物だったけどな」

ハッと鼻で笑う兄の言葉に、エミリアはキッとミレーユを睨んだ。

「どういうことですか!?」

「え？　どうと言われても、……私、そんな記憶は……。お兄様、それはなにかの間違いでは？」

「なんだ、本当に忘れているのか？　お前、それ以来あのバカ蛇のことを避けていたじゃないか」

確かにヨルムに対しては苦手意識があったが、それは好戦的なところが種族的に合わなかっただけで、ロベルトが言うような出来事があったかは思い出せない。

「姉がダメなら妹という考えが俺には気持ち悪いが。まぁ、お前の夫だ。一応祝福はしてやる」

「……です」

「エミリア？」

下を向き何かを呟くエミリアに、ミレーユが心配げに声をかける。

「どうしたの？」

「――――嫌です!!」

かん高い絶叫に、その場にいた全員の鼓膜が震えた。

「わたくしよりもさきに、姉様を嫁に取るなどと言った男だと知っていれば、絶対に夫になんて選ばなかったわ！　どうして教えてくれなかったの!?　自分が捨てた男を、わたくしが選んだことが面白かったんですか!?」

詰め寄られ、ミレーユは当惑した。

「え？　ま、待って！　本当にそんな記憶は……」

否定しても、エミリアの勢いが止まるわけもなく。

ギャーギャーと牙をむいて喚く姿に、ロベルトは呆れて言った。

「お前なぁ、俺が言った言葉をもう忘れたのか？」

「それとこれとは話が別です！」

「同じだ。冬眠している蛇は起こしてやるから、とっとと連れて帰れ」

「嫌よ！　一度でも姉様を愛した男のもとになど、戻りたくありません！」

「え、エミリアっ、あの方は私のことなど歯牙にもかけていな」

「姉様は黙ってて！」

三人の兄妹が押し問答をする中、一人沈黙していたカインがなぜかどこかへ行こうとしていた。

ミレーユは慌てて問う。

「カイン様？　あの、……どちらへ？」

いつもミレーユへ向ける優しい笑顔のまま、彼は言った。

「あの蛇を冬眠から永眠にしてくる」

その瞳に荒《すさ》んだ色を見たミレーユは飛び上がった。

「お、お待ちください！」

当然止めたが、カインが考えを改めることはなく。

「私よりも先に求婚したという事実だけでも許せない……」

「兄の記憶が間違っている可能性もございます！　いえ、きっと兄の記憶違いです！」

「俺の記憶力は確かだぞ」

「お兄様っ！」

少し口を閉ざしてほしいと訴えれば、仕方ないとばかりにロベルトが黙った。

その間に、なんとかカインを説得した。実際は説得というより、『兄の記憶違いで、事実とは異なる』と主張を繰り返しただけなのだが。

それでも必死な嘆願を、なんとかカインは聞き入れてくれた。

安堵するミレーユだったが、しかしすべてを許してくれたわけではなかったようで、

「エミリア、戻りたくないなら戻らなくていいぞ。だが、それならあの蛇とは離縁してもらう」

「!?」

とんでもないことを言い出したカインに、ミレーユはギョッとした。

「よろしいのですか!?」

反対に、なぜか喜ぶエミリア。

「そんな理由でエミリアを離縁させるなんてあんまりです!」

竜王の言葉が絶対だとしても、さすがにこれは看過できない。

けれどミレーユの想《おも》いも空《むな》しく、エミリアから返ってきた言葉は刺々《とげとげ》しいものだった。

「なぜわたくしが、姉様が振った男と、結婚生活をおくらなければならないの」

ジト目で睨まれてしまった。

ミレーユからすれば、そんな理由でヨルムを嫌う意味が分からない。

ロベルトの言う記憶が正しかったとしても、ちょっとした子供の気の迷いではないか。

「どうしたのエミリア……あれほど王子のことが好きだと、結婚前から言っていたじゃない」

「なにを言っているの姉様。建前と本音は別に決まっているでしょう」

冷ややかな目を向けられ、当然のことのように言われる。

ミレーユは愕然として、今度はカインに問う。

「カイン様、なぜ離縁などと……」

「あれがミレーユの義弟だと思うと、それだけで不愉快すぎて殺したくなる」

物騒なうえに私情が過ぎる。まさかここまでカインの嫉妬心が強いとは思っていなかったミレーユは、今度は兄に助けを求めた。

もともと煙のなかったところに火をつけたのは兄だ。収拾をつけてほしいと頼むも。

「こちらはいままですべての命に背いているんだ。カイン様がそうおっしゃるなら、従うのが道理だろう」

さも当然とばかりに彼は言った。ミレーユは真っ青になる。

自分が原因でエミリアを離縁させるなどとんでもない。

「お、お兄様……」

そもそもミレーユですら完全に忘れ切っていた大昔の話を、なぜいまここで話してしまったのか。

スネーク国に対し、散々辛酸をなめてきた彼なりの意趣返しではないかという疑惑すら湧く。

そんなミレーユの心中が伝わったのか、ロベルトはベッと、まるで子供のように舌を出した。

「あれが義弟なんて、俺だって死んでも嫌だね」

帰還

ドレイク国に戻ると、すぐさまナイルが出迎えた。

竜印で守られているミレーユがケガなどするはずがないと分かっていても、やたらと体調の心配をし。カインにはミレーユに対し、狼藉《ろうぜき》を働かなかったか疑問視する目が向けられた。

（釈然としない……私の花嫁だぞ……）

ナイルは今回当然のように随行を申し出たが、留守を預けたのはカインの判断だった。どうやらそれが不服だったらしい。

彼女の中では、カインが『帰郷』という名の『婚前旅行』に行くために、自分に留守を押し付けたと思っているようだ。

正直、やましい気持ちが少しもなかったと言えば嘘《うそ》になる。だがそれは別段ナイルがいようがいまいが一緒だ。ナイルを連れて行くことを拒否したのは、純粋に危険回避のためだった。

（お前を連れて行ったら、私以上に暴れるだろうが！）

竜族の女は、一度守ると決めた者に対しては服従を捧《ささ》げ、逆に敵と判断した者には容赦がない。

すでに毒の件でナイルはエミリアを敵認定している。

会わせれば、瞬時に攻撃魔術を放つことは必至。

（そんな事態を回避してやったんだ。感謝こそされど、狼藉者扱いは納得できん！）

憤っていると、ミレーユの心配そうな眼差《まなざ》しと目が合った。

「慌ただしく帰郷してしまいましたが、せめてゼルギス様に一言お伝えしなくてよろしかったのでしょうか？」

いまさらで申し訳ございませんが、と不安げに伺いを立てるミレーユにさらりと返す。

「気にしなくていい、あいつならいま不在だ」

「ご不在？　そうでしたか。では、お帰りになられてから改めてご挨拶させていただきます」

「別に、ゼルギスのことは……」

どうでもいい、と口に出そうとすると、ルルがぴょこりと話に割ってきた。

「ゼルギスさまって、どなたさまですか？」

「あ……、ルルはまだお会いしたことがなかったわね。ゼルギス様はカイン様の叔父様で、宰相を務めていらっしゃるの。とてもお優しい方だから、ルルもお会いしたらちゃんとご挨拶してね」

「はーい！」

ミレーユと元気よく右手をあげて返事をするルルのやり取りを、ナイルはほほ笑ましそうに見つめると、馭者《ぎょしゃ》から受け取った猫籠を台座の上に置いた。籠の中では、けだまが丸くなって寝ていた。

「皆様もお疲れでしょう。すぐにお茶をご用意いたします」

「お茶!?　ルルがいれてもいいですか?!」

今度こそおいしいお茶を淹《い》れたいようだ。意気込むルルに、ナイルが優しく言う。

「ルル様もお疲れでしょう。どうぞお休みになってください。本日は紅茶ではなく、甘いココアをお淹れしましょう」

「ココア？……ってなんですか？」

聞きなれない飲み物に、ルルが小首を傾《かし》げた。

「カカオ豆をすり潰し、砂糖やミルクを加えていただく飲み物ですよ」

「ふぇ～？」

そもそもカカオ豆というものを見たことも聞いたこともないルルは、ココアなるものがとても気になったようだ。結局ナイルの後についていってしまった。

静かになった室内に、おや、とカインは首を傾げる。

いつものナイルなら、すぐにカインを部屋から追い出し、ミレーユと二人きりにさせるのを阻止するはず。しかし、今回はミレーユと二人きりにしてくれた。

（ああ……これは私のためではなく、ミレーユの様子に気遣ったんだろうな）

ミレーユはさきほどから、なにか言いたげにチラチラとこちらを見ては窺《うかが》っていた。

思えば帰国の道中も、ずっと神妙な顔で口数が少なかった。

（エミリアの件を黙っていたことを内心では怒っているのか？　それとも森に助けにいくのが遅くなってしまったことを悲しんでいるのか？　蛇との断絶は……まぁ、当然として。どれだ？）

心当たりはいくつかあるが、正解が分からない。

（まさか里心がついて、やはり母国に帰りたいと思っているのでは……）

そうなった場合、もう国を消すしか――――。

一瞬、脳裏をよぎった危険思想に、ハッと我に返る。

今回やっとミレーユに対し、抱えていた隠し事が一つ解決したのだ。

自分で彼女から嫌われる理由をつくってどうする。

もちろん本気で実行しようなどとは思ってはいないが、こういう思考がわずかでもよぎってしまうのは竜族の血ゆえなのか。

幼いとき、散々『理由なき他種族への干渉、侵害を禁じる』という教えを受けていなければ、いまごろ国の三つや四つは消滅していたかもしれない。

そんなことをぼんやりと考えていると、意を決したように、ミレーユがカインの前に歩み寄った。

「――――カイン様。今回のことでは、大変なご無礼とご迷惑をお掛けいたしました。何とお礼を申し上げればよいのか……言葉もありません」

告げるなり最高礼をするミレーユに、カインはぎょっとした。

「そんな固く考えなくとも……」

言いながら一歩踏み出すと、なぜかすぐさまミレーユが一歩後退した。

（……ん？）

後退された分カインが前進すると、またもやミレーユが後ろに下がる。

「なぜ逃げるんだ?!」

「あ……えっと……」

思わず声をあげると、ミレーユ自身も自分の行動に戸惑っているのか目が泳いでいる。

その隙にまた距離を縮めるも、思いのほか俊敏な動きで詰めた分がすぐさま遠のいた。

サーッと、カインの顔色から血の気が引く。ミレーユは慌てて手を振って弁明した。

「ち、違うんですっ……これは、勝手に身体《からだ》が……」

「拒絶反応……ということか?」

ミレーユに拒否されたショックで、カインは世界を潰したくなった。

邪竜への一歩を進もうとする男に、ミレーユは顔を真っ赤に染め叫ぶ。

「いえっ、拒絶ではありません！……その……、は、恥ずかしいだけです！」

「恥ずかしい？」

繰り返せば、ミレーユの頬がより一層赤らむ。

「カイン様は、暖を取ってくださっただけだと、分かってはいるのですが……森で、その……」

羞恥に消え入りそうな声は、森で抱きしめたことを示唆していた。

「善意のお気持ちに対して恐縮ですが、ふ、不慣れなもので……。できれば、次は事前に心の準備をさせてくださいますと……その、……もう、このような醜態は晒《さら》しませんので……！」

消え入りそうな声で、必死に宣言される。

（つまり、心の準備があればまた抱きしめてもいいということか）

カインは持ち前のポジティブさで、そう結論付けた。

あのときは竜印の力のせいで、ミレーユに気づかれてしまいそうになるほど身体に火傷《やけど》を負ったが、火矢で広がった匂いと全身全霊の回復術でバレることはなかった。

日に日に向上していく回復魔術は、すでに熟練の域に達している。

次は竜印の攻撃に感づかれることなく抱きしめられる自信があった。

「不慣れなら当然だ。すまない、了承をきちんと得るべきだった」

「いいえ、とんでもないです。私の方こそ――」

「だが、慣れれば大丈夫なのだろう？」

「え……あっ、は、はい！」

間を置きながらも、ミレーユは空気を読んで肯定した。カインはニッコリと笑う。

「なら慣れよう。今日から練習するのはどうだ？」

「……れ……練習……ですか？」

竜は己の欲望に忠実だ。好機は逃さない。

カインは、逃げ遅れたミレーユの身体に両手を伸ばした――が。

「本当に命知らずですね。あまり羽目を外すと、竜の姿焼きですよ」

「――!!」

「ゼルギス様！　お帰りになられていたのですね」

「はい。つい先刻戻りました」

すぐさま礼をとるミレーユに、ゼルギスも胸に手を当て腰を折る。

伸ばされた手が宙に浮いた状態で取り残されたカインは、「なぜいま!?」と、もちろん腹を立てたが、いまだからこそ邪魔したことは明白だった。

その証拠に、カインには一言の挨拶もなくミレーユに語り掛ける。

「留守中も、伝達魔術でナイルから軽くお話は伺っております。大変でしたね」

「いえ、……この度はゼルギス様のお留守中に勝手をしまして申し訳ございませんでした」

「こちらこそ真実をお伝えせず、ミレーユ様を謀《はか》るような真似《まね》をいたしました。ご容赦ください」

腰を曲げ、謝意を示すゼルギスに、ミレーユは慌てて両手を振った。

彼が謝罪する必要など一切ない。ましてや、ゼルギスは帰ってきたばかりで、まだ旅衣のままだ。

「戻られたばかりでお疲れでしょうに、お引き止めしてしまいました」

「いえいえ。カイン様がこちらにいらっしゃる限りは、私も同席いたします」

「おいっ！」

とっとと立ち去ってくれと願うも、ゼルギスはカインの非難の声を右から左へと流すと、当然のようにミレーユを長椅子へとエスコートした。

ミレーユの腰に手を回しているゼルギスに、確かな殺意が芽生える。

しかし、それ以上に腹立たしいのは――――。

（なぜ竜印が発動しない！　さきほどは私が手を動かしただけで発動しそうになっただろう！）

❁❁❁

勧められるがままに長椅子に腰を下ろしたミレーユは、席には座らずカインの傍らに立つゼルギスの衣装に目を留めた。

「とても美しいお召し物ですね」

「ありがとうございます。こちらは竜王の臣下が羽織ることを許される《制御の衣》です」

漆黒の抑制の衣と違い、こちらは紫がかった紺色だ。襟元や袖には華やかな銀糸の刺《し》繍《しゅう》。

よく見れば、その糸はキラキラと七色に光っていた。銀糸に魔石を溶かしてコーティングしているのだ。

（普通の糸よりも数段扱いが難しそうだわ）

これを精緻な文様に縫い上げるのはとても大変な作業だっただろう。

「竜王を継ぐ者は抑制の衣を羽織りますが、我々はこちらを。どちらも初代竜王陛下の時代から受け継がれているもので、代替のきかぬ品です」

「……そ、そうですか……」

その代替のきかぬ品を一度捨ててしまい、慌てて捜しに行ったことは黙っておこうと、ミレーユは心に決める。

捨ててしまった張本人はなんの感慨もないのか、どうでもよさそうな顔で、なぜかゼルギスを睨《にら》んでいた。

彼の不機嫌な様子から、なにやら重い雰囲気が漂う室内に、打って変わって元気な声が響く。

「姫さま～！　見てください、ココアです！　ちょっと飲ませていただいたんですが、すっごく甘くておいしかったんです～～！」

ココアの味に興奮しているのか。

二人分のカップを銀のトレイに載せ、ルルが駆け寄ってくる。かなりの猛ダッシュだ。

「ルル、そんなに走っては危ないわ」

「――へぶし！」

案の定、ルルはミレーユたちの少し前で足を取られ、顔からの盛大なスライディングをきめた。

「ルル!?」

「うぇえ、ココアがぁ……」

自分の擦りむいた顔よりもココアが大事なのか、ルルは大理石に散らばった茶色の液体を見つめ、えぐえぐと泣き出した。

ルルは、以前にも同様の粗相をカインの前でやらかしていた。前科があるため、すでにこうなることを予期していたカインは、すばやくルルの顔に治癒魔法を施す。

「大丈夫？」

すぐさま席を立ち、ミレーユが手を伸ばすと、ルルはいまだに「ここぁ」と泣いていた。

ケガはカインに治してもらっているので、純粋にココアを失ってしまったことが悲しいようだ。

「走ってはダメと、前に教えたでしょう」

優しく窘《たしな》めると、ふと固まっているゼルギスに気づく。

彼はまるで電撃でも食らったかのように硬直しており、瞬きもせずこちらを見つめていた。

どうかしたのかと、ミレーユが瞳を凝らせば。

「――っ‼」

あろうことか。代替のきかぬ制御の衣に、茶色のシミがついていた。

どう見てもココアが飛び散った跡だ。

紫がかった紺色の衣のためあまり目立たないが、銀と魔石の刺繍部分は一目見て分かるほどの被害を受けていた。

ミレーユの顔から血の気が引く。

「あ、あの、も、申し訳ありませんっ、すぐにシミ落としを！」

動揺のあまり言葉を詰まらせながらも、ゼルギスの衣装に手を伸ばす。

けれど、彼はスッとミレーユの横を素通りすると、ルルの前に立った。

その顔は完全に無表情で。柔らかな笑みを浮かべるゼルギスしか知らぬミレーユは、彼がルルの非礼に腹を立てているのだと焦った。

ゼルギスが怒りの一撃を放てば、齧歯族《げっしぞく》のルルなどひとたまりもない。

ミレーユはゼルギスを止めるため、慌ててその腕を取ろうとした。

が――――、

「結婚してください」

「…………ふぇ？」

ゼルギスはルルの両手を握るや否や。

大理石の床に片膝をつき、低く真摯な声で告げた。

「「――――!?」」

「ま、まぁ……」

カインと、ルルの後を追ってきたナイル。そしてミレーユがそれぞれの反応をする中、ゼルギスだけが熱のこもった声で愛を囁《ささや》き続けた。

突如愛の告白をする見知らぬ男に、ルルは目を瞬く。

「ふぇ？　どなたさまですか？」

首を傾げながらの問いは、目の前の男にではなく、ミレーユに向いていた。

ミレーユは動揺しながらも、ルルに彼の名を告げた。

「こ、この方が、ゼルギス様よ」

「あ！　お優しい方ですね！」

さきほどの会話を思い出したのか。

ルルが明るい声をあげると、いまだ握られている両手に一層力がこもった。

「貴女《あなた》が望むなら、どんなことでも叶《かな》えましょう。星の数ほどの宝石でも、運河でも、島でも望むものを捧げます。気に入らぬ者がいれば血祭りにあげましょう」

「ち、まつり？　なんのお祭りですか!?」

物騒な告白にも気づかず、祭り好きなルルが嬉々《きき》として問う。

（違うわっ。それはルルが思うようなお祭りではないの！）

心の中でツッコみながらも、ミレーユは目の前の事態に理解が追い付いていなかった。

それはカインやナイルも同じだったようで、部屋に広がるしばしの沈黙。

さきに正気に戻ったのは、カインだった。

ゼルギスとルルを引き離すように間に立つ。

「――――お前、……なにを言っているんだ？」

困惑が滲《にじ》んだ声に、ゼルギスはハッキリと告げた。

「カイン様、私はこちらの可愛《かわい》らしい方と結婚いたします」

「はぁ?!」

カインからはついぞ聞いたことのない、怒りと焦りと罵倒が入り交じった声だった。

しかしゼルギスはそれを無視し、ルルに尋ねる。

「可愛らしい方、まずはお名前をお訊《き》きしても?」

「ルルですか? ルルは、ルルっていいます」

ゼルギスの求婚をまったく理解していないルルが陽気に答えた。

幼い返答をするルルを前にしても、ゼルギスは一切の躊躇《ちゆうちよ》なく、結婚の了承を得ようと言葉を紡ぐ。ルルは意味も分からずに、適当な返事をしている。

なかなかの混沌《こんとん》だ。

それを破ったのは、やはりカインだった。

「――――ふざけるな!」

発声と共に、部屋の窓がガタガタと大きく揺れる。

いまにも割れそうなガラスに、ミレーユは慌てた。

ドレイク国の窓ガラスは母国のものと違い、厚く高価なもの。

それが割れれば、いったいいくらの損害になるのか。思わず計算してしまう。

慌てふためくミレーユの代わりに、彼を止めたのはナイルだった。

「落ち着きください、カイン様」

「ナイル……だが……」

「このような事態に陥ってしまったのも、すべてわたくしの家庭教師としての力不足が原因です。不甲斐《ふがい》ない自身を恥じ、――――ここは、わたくしの手で終わらせます」

「いや、絶対私より落ち着いていないだろう……。魔力をしまえ！　ミレーユが引いている！」

手に頭ほどの大きさの風を渦巻かせ、戦闘態勢に入っているナイルを、今度はカインが止めた。

見た目にはさほど大きなものではないが、膨大な魔力量が圧縮されたそれは、国ひとつ消滅させることができるのではないかと思うほどの魔力が込められている。

以前ナイルがカインに放ったものより遥《はる》かに威力が大きい。

下位種族のミレーユは、初めて見る強大な攻撃魔術の渦に失神一歩手前だった。

「撤回しろ、ゼルギス！　ナイルは本気だ！」

「なぜ撤回せねばならぬのです？」

「お前っ、いったいいくつ年が離れていると思っているんだ！」

「これは異なことを。竜族に年の概念などあってないようなものではないですか。年の差で言えば、兄上と義姉上《あねうえ》とて開きがございます」

シレッと答えるゼルギスに、カインが怒りの声をあげる。

「あの二人は精神年齢が似通っているからいいが、ルルはまだ幼女だぞ！」

「ルルは幼女じゃありません！」

まさか自分が幼女扱いされているとは思ってもいなかったルルが、頬を膨らませて否定した。

「そうですよ、こんな立派なレディに対して失礼です」

「自分に都合よく言い換えるな！　竜族から見たら、ルルは生まれたてにも等しい幼女だろうが！」

「……竜王さま、ルルのことそんな風に思ってたんですか？」

幼女扱いプラス生まれたてと言われたことに、さすがのルルもプライドが傷ついたようだ。

「ふぇええ、ひめさまぁ～、りゅうおうさまが、ルルのことようじょっていうぅぅ」

瞳を潤ませてミレーユに縋《すが》りついた。腰に両手を回し、うわぁーんと泣きながら見上げてくるルルに、抱き着かれたミレーユはつい心の中で本音を漏らした。

（泣き顔は、……幼女かしら）

などとは口には出せないため、曖昧な笑みを浮かべ、よしよしとルルの頭を撫《な》でて慰める。

「カイン様、私の花嫁をいじめないでいただきたい」

「黙れ、幼女趣味が！　ルルはお前の花嫁じゃない！」

あまりのカインの激怒ぶりに、ミレーユは素朴な疑問を投げかけた。

「えっと……ゼルギス様とルルは、それほど年が離れているのでしょうか？」

彼の外見からも、離れているといっても許容範囲のような気がする。

しかしカインの口から出た年齢は、ミレーユの予想を遥かに超えるものだった。

「確か、二百五十は超えている」

「にひゃくごじゅう……？　二百五十歳ですか!?」

まさかの百単位に、ミレーユの声が裏返る。

「うわぁ、ルルが寿命まで生きたとして八回くらいは死んでますね！」

瞬時にルルが自分の寿命で換算した。ルルにしては早い計算だ。

（二百五十……長寿だとは知っていたけれど、まさかここまでだったなんて）

よく考えれば、ミレーユは竜族の平均寿命を知らない。

訊《き》ける機会は何度もあったが、訊けなかったのだ。

短命な齧歯族にとって、年齢を安易に訊くことは非礼だった。

そのため、初対面でローラに会ったときも気になったが問うことはせず。ナイルたち他の女官たちにも尋ねる勇気はなかった。

（カイン様は私と同じお年だったから、ゼルギスがそれほど離れていたなんて夢にも思わなかったわ……）

驚く二人の齧歯族に対し、当人はにこやかな笑顔だ。

「竜族に年齢の概念なんてあってないようなもの。私など、まだまだ若造です」

そう言って、彼はルルの指を見つめ、

「――なるほど。五号ですね」

なにかを目測した。

それが薬指の指輪のサイズだと気づいたカインとナイルから、無言のブリザードが吹き荒れる。

「お前……ふざけるなよ」

「一度、死にますか？」

高位種族同士の言い争いは、下位種族のミレーユには心臓に悪すぎる。放たれる怒気の魔力で潰されそうだ。

「と、年の差は理解いたしましたが、それほど怒らずとも……」

「ミレーユとて、自分の叔父が孫ほど若い娘に手を出そうとしたら正気を疑うだろう?!」

「え……」

カインとしては分かりやすく例えたのだろう。しかし、その説明はミレーユには逆効果だった。

「言いにくいのですが……よくございます。母国では日常茶飯事で……」

しかも見た目が美男子のゼルギスと違い、一目で年の差が明らかな老人に嫁ぐのだ。

ミレーユとしては、ルルの相手がゼルギスだったとしても、あまり違和感はない。

自分とて、もしカインがいなければ、祖父ほど年の離れた男のもとに嫁がされていたはずだ。

現に、そういった縁談は来ていた。彼には怖くて言えないが……。

そんなことはつゆ知らず、カインはミレーユの回答に頭を抱えていた。

「この種族性の違いだけは……理解できないっ」

彼にとっては、どうやら一生分かり合えない事項らしい。

「あの、ここで問題となるのは年齢差だけなのでしょうか？　私は階級差の方が大きいと思うのですが……」

年齢差においてはタブーの少ない環境下で育ったミレーユからすれば、ゼルギスとルルの間に発生する問題は年の差ではなく、どちらかというと階級差だ。

ゼルギスは高位種族で、竜王の血族。

それに対し、ルルの父は貴族ではあるが母は平民であり、認知もされていない。

そもそも貴族だったとしても、竜族と齧歯族では階級差は明らか。王族として教育を受けているミレーユですら未だに戸惑うことが多い。

公式礼儀作法など一切知らずに育った少女が、竜王王家に嫁ぐなど反発が大きいのではないだろうか。

しかし、そんな懸念にも、カインは、

「いや。そんなことは問題じゃない」

と、バッサリだった。

種族間の身分差など、竜族にとっては明日の天気よりも気にならない事項らしい。

(難しいです！　私には、こちらの価値観の方が理解が難しいです！)

ミレーユはこめかみに手を当て、思わず声が漏れそうになるのをなんとか耐えた。

「このままでは埒《らち》が明かない……。ルル、はっきり言ってやれ。こんな年の離れた男が結婚相手なんて嫌だろう⁉」

カインは手っ取り早く、ルル本人から拒絶するように話を持っていこうとした。

しかし、相手はルルだ。基本的になにも考えていない。

「結婚相手？　ああ、この前のお話ですね！　ルルは別に、愛人関係でもめない方なら誰でも」

「そんな男はそもそも竜族にいない！」

皆まで言わせず、カインが遮る。

ゼルギスに有利になるような情報は、一切与える気がないらしい。

そんなカインからの一喝に、ルルは首を傾げて考え込む。

「うーん。じゃあ、姫さまがいいって言った方なら、ルルはどなたでもいいですよ！」

これに驚いたのはミレーユだ。

「え……私？」

思わず自分を指さす。まさかここで決定権をゆだねられるとは思ってもいなかった。

うろたえると、なぜかカインも納得気に頷《うなず》いている。

「そうだな。ミレーユはルルの保護者のようなものだ。二人の祖国では、親が結婚相手を決めるというし、ミレーユに決めてもらおう。――――ミレーユ、ルルにはちゃんと年のあった相手を必ず見つけ出すから、もう少し待ってほしい！」

「ちょ、ちょっとお待ちください。ルルの母親は死去しておりますが、父親は生きております。保護者は私ではございません」

（あ……、でもあの方。お父様の件で従犯として捕らえると、お兄様がおっしゃっていたような）

ルルの父親は放蕩《ほうとう》三昧の男で、なおかつ父の臣下の一人だった。

ゆえに、ルルは実の父親を心底嫌っていた。

「あの種に決めてもらうの、ルル嫌ですぅ」

「ルル、しー！　しー！」

父親を種扱いするルルに、慌てて止めに入るが時すでに遅し。

この発言には、愛を囁いていたゼルギスもさすがに鼻白むかと思いきや。

「気に入らぬ相手なら、私が骨一つ残さずに葬りましょう」

まるで睦言《むつごと》のように囁く男に、ミレーユは驚いた。

（ご、ご親族だわ……。おっしゃっていることが、カイン様とほぼ同じ……）

ヨルムの一件を思い出し、思わず竜族の血に恐れを抱きそうになる。

絶句していると、ゼルギスはまるで親に結婚の承諾をいただくかのような真摯な瞳をミレーユに向けた。

「ミレーユ様。この結婚を認めていただけるなら、後悔させせぬことをお約束いたしましょう。ご安心ください、邪魔立てするものがあれば塵《ちり》にいたします」

（——物騒です！）

そろそろ心の声だけでは抑えられる気がしない。

「いえ、ですから、私にそのような権限は……」

ルルの一生を決めるなど、そんな裁量は持ち合わせていない。

なにより、ルルは言っていたのだ。

ミレーユを追ってドレイク国を訪れた日、自分のことは自分で決める――と。

本来、齧歯族の娘に婚姻の自由などありはしない。

だが、ミレーユはできる限りルルの意思を尊重したかった。

「結婚相手を私が決めるのは、ルルの心情に反します。ルルの相手は、ルル自身が……」

「ルルの結婚相手は、姫さまに選んでもらおうって。ずっと前から決めていました！」

「……え？　ええっ!?」

よもや、そんなことをルルが考えていたとは。初めて知った事実に驚愕する。

いつのまにか、完全にルルの結婚相手の裁量権はミレーユのものとなっていた。

全員の視線が集まり、口々に言う。

「ミレーユ、迷うことはない。もっと真面《まとも》で、年相応の男は腐るほどいる。なにもこんな隠れ幼女趣味だった男に、妹のように可愛がってきたルルをやることはない！」

「お言葉ですが、兄上とカイン様以外の男など、力量で言えば私の方が上です。見繕ったところで消してしまえば、最初から存在していなかったも同然ですよ」

「……貴方《あなた》は。やはり、一度最初から教育し直した方がよろしいようですね」

カイン、ナイルは絶対に許容できない断固阻止という顔で。

ゼルギスはぜひお許しをという、懇願の表情だ。

(えっと……これは、私がどうにかしないといけない問題なのでしょうか?)

額に冷や汗が伝っていく。

一難去ってまた一難。

どうやらミレーユの婚約者生活はまだまだ波乱続きのようだった——。

エピローグ

「これはまた、……広大ですね」

ゼルギスは小高い場所から灼熱《しゃくねつ》の丘を見下ろすと、眼下に広がった光景に目を見開いた。

その横で、カインがポツリと呟《つぶや》く。

「やはり、まだ解けていないか」

グリレス国から帰国してもなお、ミレーユが用いた術は健在だった。

氷解の気配すら見られず、丘一面が氷で覆われている。

「ドリスが考察のために氷を切り取っていたが、その端から元に戻ったそうだ」

どれだけ切り取ろうとも氷は復活し、消えることがない。現にカインも同じことを行ったが、結果は一緒だった。

その氷をゼルギスに投げてやる。

「なるほど。氷塊の術よりも術の練度が高いですね。しかも、解けることのない氷とは……」

太陽の熱で煌《きら》めいても解けて滴ることはなく。冷たい感触だけがゼルギスの手のひらにある。

「お前、なにも感じないか？」

「？　いえ、とくに……ミレーユ様の魔力しか感じませんが」

「そうか……」

「なにか気になることでも？」

「……一瞬だけ、初代竜王の魔力を感じたんだ。ミレーユが虹石《こうせき》に術を施したとき、この灼熱の丘に氷を張ったときにもだ」

「まさか。さすがに気のせいでしょう」

そう言ってゼルギスは笑うが、あれが気のせいだったとはカインには到底思えなかった。

古代魔力は、カインさえ息苦しさを感じるほどに濃い。

あのときも、一瞬だったとはいえ、間違えようのない密度を持っていた。

考え込むカインに、ゼルギスは一つの提案を口にした。

「気になるのであれば、こういったことに適した方がいらっしゃるではないですか」

「誰だ？」

「黒竜王――――貴方《あなた》の父上ですよ」

黒を持つ竜は、大地を司《つかさど》る。

その力は、土を豊かにするだけではない。

奥深く、闇に沈んだ気配、魔力を探知することにも長《た》けていた。

「そうか。確かに父上なら………おい、その父上たちはどうした!?」

ミレーユやルルの件ですっかり忘れていたが、そもそもゼルギスは彼らを捜しに出たはずだ。それが手ぶらとは。

「見つかっていないなら、すぐに捜しにいけ！」

「ご冗談を。ルルと竜約を交わしていない状態で離れるなどごめんです」

「誰が交わさせるか！」

気分は完全に娘を嫁に出したくない父親の心境だった。プラス、叔父が幼女趣味だったという事実も許せない。

幼いときは、仕事をこなすゼルギスを父より尊敬していたこともあり、より一層悪感情が湧いた。

「そもそも、竜約を交わそうとしたところで、ルルの心に微《かす》かでも拒否があれば成立しないからな！」

竜約は、ただの口約束の誓約とは違う。心が伴っていなければ、けっして叶《かな》うことはないのだ。

その点についてはゼルギスも十分理解していた。

だからこそすぐには行わず、あの騒動のときも一度解散となったのだ。

「ご安心ください。いまから餌付けいたします」

彼はちゃっかりルルの好きなものをリサーチし、次の段階の策を講じていた。

さすがは年の功。竜印をすかさず交わし、安心して失態を演じたカインとは年季が違った。

抜け目のなさに、嫌気がさす。

「どうせナイルが引き合わせない。精々私の苦労を思い知れ」

ある意味、ゼルギスはカインと同じ立場に立たされたのだ。

ナイルの鉄壁の防御をかわさなければならない、という立場に。

(まぁ、私は婚儀が済めばすべて解消されるが)

婚儀さえ無事に終われば、もうナイルの邪魔立てを受けることもない。

そのためにも、両親の帰国は必須――――。

「結局、収穫はなしだったのか……」

両親の姿がない時点で、ゼルギスが無駄骨を折ったことは明白だった。

すぐに見つかると期待を抱いていたわけではなかったが、婚儀の日程を考えればあまり猶予はない。

頭が痛いと、額を押さえるカインに、ゼルギスは事も無げに言った。

「いえ、居場所は分かりました」

「は?」

「これだけ捜しても見つかないとなれば、場所は一つしかございません」

「ちょっと待て! それが分かっているなら、なぜ引きずってでも連れてこなかった!?」

一戦交えて負けたのか。それとも何か策があってのことなのか。

意味が分からず問えば、ゼルギスは決まりが悪そうに片眉をあげた。

「あの場所は、私の魔力では少々荷が重いです」

「……お前が？」

本人は否定するが、ゼルギスはやる気さえあれば竜王にもなれた男だ。

そのゼルギスが嫌がる場所といえば、世界に一つしか存在しない。

「……まさか……」

「兄上たちがいらっしゃるのは、竜王継承の場所――《はじまりの地》です」

「なっ……！」

「思い起こせば、義姉上《あねうえ》は一度あの地を訪れたいとおっしゃっていましたし、まず間違いないかと」

「観光名所でもあるまいし、行く必要があるのか!?」

「あの地は、兄上が継承の儀で長らく過ごした場所ですからね。義姉上にとっては一度は訪れたい場所なのでしょう。理解は一切できませんが」

「父上が長らく過ごしていたのは寝ていたからだろう！」

黒竜王の継承の儀は、息子のカイン同様、少し異端だった。

彼は相応の年に、継承の儀を行った。

それは竜王を継承したくないゼルギスに半ば言い含められたようなものだったが、それでも彼は継承の儀に挑んだ。

しかし、いつまで経《た》っても帰ってこず。

百年が過ぎたころ、さすがのゼルギスも心配になった。

継承失敗で息絶えた、などという気配は感じないが、帰ってくる様子もない。

仕方なく、ゼルギスは兄の無事を確認するため、はじまりの地に降り立った。

本来なら竜王を継承する者しか入ることを許されない場所だ。

侵入するには、大量の魔石を使用して作らせた《息殺しの衣》を纏《まと》う必要があった。

その衣も耐えられるのは一度だけ。一度入って出てしまえば、もう息殺しの衣は使用不可能になる。

つまり、その一回のために、大量の魔石が消失するのだ。

そのうえ、纏う者も誰でもいいというわけではない。

ゼルギスほどの力量がなければ、衣を纏ったところで意味はなく、一歩足を踏み入れただけで竜族ですら死は免れない。

限られた者しか許されない不可侵の領域、それがはじまりの地だ。

そんな魔空間で、黒竜王たる彼は――――爆睡していたのだ。しかも気持ちよさそうに。

唖《あ》然《ぜん》とするゼルギスが叩《たた》き起こしても、この場所が気に入ってしまったようで、彼は外に出ることをずいぶん嫌がった。

「竜王以外で、あの場所に無傷で入れるのは花嫁のみです。ミレーユ様に追想の儀で継承すれば、力は移行します。その前に訪れたかったのでしょう」

気が済んだら勝手に帰ってきますよ、と雑に告げるゼルギスに、カインは疑惑の目を向けた。

「お前……、もう捜すのが面倒くさくなっただけじゃないのか？」

「まさか、これは確信です。あのお二人の考えは、ある程度長い付き合いで分かります。兄上はともかく、義姉上は約束を違えるような振る舞いは死んでもいたしません。なにせ、虎族の《至宝の君》ですから」

苦笑いを浮かべ、ゼルギスが言う。

黒竜王の花嫁は約束は違えず、信念は常に揺らがず、厳しさと余裕が同居する人だった。

ただ一つ、欠点があるとすれば――――。

二人は同時に同じことを考えたのか、遠くを見つめため息を吐《つ》いた。

「……まぁ、ですからあの二人のことは心配ないかと。最悪前日までに姿を現さない場合は、カイン様がお迎えに行ってください」

「やはり面倒くさがっているだけじゃないのか。ルルと離れたくないだけだろう……」

非難めいた視線にも、ゼルギスはどこ吹く風でとぼけた。

「しかし、ある意味偉大ですね。最長記録で竜王を継承した兄上は、私たちの心配をよそにあの魔空間でぐっすりと眠りこけ。そのお子であるカイン様は、ミレーユ様への下心だけで最短記録を打ち立てたのですから。弟として、叔父としてこれほど複雑で心強いことはありませんよ」

「言い方に悪意がある！　お前の幼女趣味に比べたら幾分マシだからな！」

竜王の血は、どうやらかなり質が悪いらしい。

✿✿✿

そこは、本来一筋の光も差さぬ闇よりも深い漆黒が支配する魔空間。

朝も昼もなく、あるのはただ耳に痛いほどの静寂と暗闇だけ。

けれどそんな場所に、その日はほんのひと時、一筋の光がちらついた。

「――ああ、夏至の日が近いのか」

大きな岩に寝そべっていた人影が、軽やかに立ち上がる。

両手をあげ、しなやかに身体《からだ》を伸ばす仕草すら堂々としており、闇の中でも感じ取れるほどに自信と気品に溢《あふ》れていた。

「オリヴェル、そろそろ城に戻ろう」

凛《りん》とした声が、誰かを呼ぶ。

すると、さきほどまで寝そべっていた大岩がゆっくりと動いた。

「もうすぐあの子の婚儀の日だ。――――さぁ、新たな花嫁となる娘に会いに行こうじゃないか」

書き下ろし　希求の行先

「だから魔力を込めすぎるなと言っているだろう！　量より質を意識しろ。微量な魔力を、身体全《からだ》体に行き渡らせるイメージで放つんだ！」

すかさず入る叱咤《しった》に、エミリアはかざしていた両手を下げ、兄のロベルトを睨《にら》みつけた。

「もうっ、集中しているときに怒鳴らないでよ！　いちいち言われなくても分かってるわ！」

気の強いエミリアはかん高い声で非難するが、ロベルト相手にそんな言い訳が通用するわけもなく。

「分かっていてそのお粗末さか？　先が思いやられるな」

間髪をいれず皮肉が飛んだ。

ロベルトは顔立ちこそはミレーユに似ているが、性格はまったく別で容赦がなかった。

父の一件からも、そのことは十分理解していたつもりだったが、なまじミレーユに酷似しているせいで何度も思い違いをしてしまう。

「いまのは寝不足で少し集中が切れただけよ！　朝昼、魔力コントロールの練習をして、夜は姉様から渡された本で勉強しているのよ。わたくしだって疲れるわ！」

ちゃんと努力していることを告げても、ロベルトは一蹴するだけだった。

「この程度で音を上げている場合か。だいたい、ミレーユから預かったのもたった一冊だろう。まだ読み終わってないのか」

「たった一冊って……、あれになん百種類載っていると思っているの！」

一ページに数種類の類似する植物、その生態、栽培、収穫、利用方法。

ミレーユの流麗な文字で事細かに記載されたそれらは、いままでエミリアが自分には必要ないと聞き流してきたものばかり。すぐに暗記などできるはずがない。

「姉様は母様から優しく教えられたかもしれないけれど、わたくしにはいまのいままでちゃんと教えてくれる人なんていなかったのよ！　少しくらい大目に見てくれてもいいでしょう！」

つい、いつもの憎まれ口をたたいてしまう。

ミレーユの教授を聞き流し、そのせいでドクウツギの毒を食べさせてしまったことを反省していないわけではなかったのに。

こんな自分本位な発言を、厳しい兄が許すわけがない。

慌てて口元を押さえ、叱責も覚悟したエミリアだったが、彼の口から怒号が飛ぶことはなく。

その代わりに、

「エミリア、一つ言っておくが母上に過度な夢を持つな」

「え？」

なぜか諭すように告げられ、エミリアは目を瞬いた。

「お前、母上がミレーユのような女性だと思っているだろう」

「……思っているも何も、姉様は母様によく似ていると、皆言っているじゃない」

「それは外見上の話だ。性格はまったく違う。母上はとにかく厳しい人だったからな」

ロベルトが言うには、ミレーユはなまじ記憶力と根性が母に似たせいで、生前はこれでもかと教育を受けさせられていたという。

それはロベルトすらやりすぎではないかと心配になるほどで、何度か進言するも「この知識はいずれミレーユを守る盾になる」と返されたそうだ。

「で……でも……」

人伝《ひとづて》に聞く話から、ずっと母のことをミレーユによく似た、穏やかな女性だと思っていた。

口を開いたまま呆《ほう》けた顔をするエミリアに、彼は続けて言った。

「いまお前が泣き言を言っている量は、母上がミレーユに教えたほんの一部に過ぎない。もっと言えば、母上が亡くなったとき、ミレーユがいくつだったか計算できるか？」

「ば、馬鹿にしているの!?　それくらい分かるわよ！」

ミレーユとエミリアは三歳差だ。

そして、母はエミリアの出産と同時に亡くなって――――。

「……え、三歳……？」

思わず指を使ってもう一度計算してしまう。

「母上はミレーユがまだ流暢《りゅうちょう》にしゃべることもできない年から教え込み、三歳になるころにはお前が受け取った本の倍は教え込まれていた。もちろん植物の知識だけじゃない。薬学、服飾技術、すべてだ」

その中には、幼いミレーユにはまだ吸収不可能なものも多くあったが、母は躊躇《ちゅうちょ》することなく教授を施したという。

兄から告げられた新事実に、エミリアは絶句した。

てっきり姉があれほどおっとりした性格に育ったのは、母からたくさんの愛情と優しさを貰《もら》っていたからだと思っていた。しかし、実際受け取っていたのは生きる糧となるものばかりで……。

「だというのに、お前はその程度で音を上げるのか。お前はミレーユの三歳以下か？」

冷たく言い捨てられた言葉に、エミリアの負けん気に火がつく。

「あれくらいすぐに覚えられるわよ！　バカにしないで！」

吠《ほ》えるように叫ぶと、下ろしていた両腕を掲げ、中断していた魔力の操作に再び取り組み始めた。

一層集中して己の魔力と向き合おうとする妹に、ロベルトは微《かす》かに笑ってその姿を見守った。

――夕方。

魔力操作の特訓が終わったあと、エミリアは机にかじりつき、必死にミレーユのつづった文字を追っていた。

昼にロベルトから焚《た》き付けられた勢いは止まらず、貰った本はあと数ページで読み終わる。

（でも、読み終わっても、どうせ今日もろくに眠れないわ……）

兄にはああ言ったが、実際エミリアの不眠の理由は勉強のせいではなかった。

眠れぬ日はカインに咎《とが》められ、ミレーユに猛毒を盛っていたことを知らされた日から始まっていた。

あの日、カインからミレーユへの謝罪は許さないと言われたとき、エミリアは退路を断たれたことに絶望した。

なんとかこの現状を回避することはできないかと、ドクウツギについても調べてみた。

そこで分かったのは、ミレーユの教えに何一つ嘘《うそ》も誇張もなかったこと。

ずっと健康な姉しか見ていなかったため、カインに咎められてもあまり実感が伴っていなかった。

だが姉は彼と婚約を結んでいなければ、自分が与えた毒で確実に死んでいたのだ。

それを理解したとき、エミリアの頭をよぎったのは恐怖だった。

（どうしよう……。今回は、許してもらえないかもしれない……）

毒を盛っていた事実を知られたら、ミレーユは自分を見捨てるかもしれない。

憎まれ、最低だと吐き捨てられるかもしれない。

考えただけで、頭の芯が冷えた。

いままでどんな我《わ》が儘《まま》を言っても、無理難題を押し付けても、ミレーユは最後は絶対に許し、助けてくれた。その存在から見放される恐怖。

（知られたくない……）

許されることよりも、知られたくないという気持ちが日に日に強くなる。

カインからの命令も、ミレーユに真実を知られることのない安堵《あんど》へと変わっていく。

しかしそれと同時に、行き詰まった自分の状況を姉に助けてほしいとも願う。

夫のことすら頭になく、どこまでも身勝手な性根は変わらず、ただ淡々と日が流れていくばかりだった。

――あの日、ミレーユに自分の手を治してもらうまでは。

エミリアは本から目を離すと、机の引き出しにしまった箱の中からハンカチを取り出した。ミレーユが巻いてくれたものだ。

最低な言葉を吐き出したエミリアに、それでも躊躇することなく手当てを施してくれた姉。

そのときになって、やっと思い出したのだ。

自分が真に欲しかったものは、どんなに聖女と謳《うた》われても手に入るものでなく。

それを与えられるのは、目の前の姉だけだった。

けれど自分は、その事実から目をそらしたのだ――。

「とうさま、おててがいたいです」

当時五歳だったエミリアは、父に連れられ、他国に出向くことが多かった。

それは聖女としてのエミリアの力を知らしめるための外交政策の一種であり、父の権力を誇示するためだけのパフォーマンスでもあった。

他国に行けばそれだけ長く日光を浴びることになる。

アルビノであるエミリアの肌は頑丈ではない。

赤い肌の腫れは帰国してからも引かず、痛みは悪化していた。

「みてください。あかくなってズキズキするの」

まだ丸みの残る手を伸ばし、必死に訴えれば父は笑って言った。

「お前は聖女なんだ。自分の力で癒せるだろう」

「…………はい」

そうだけど。欲しかった言葉はそれではなかった。

「エミリアはミレーユと違って優秀だからな。私も鼻が高い」

口を曲げて俯《うつむ》くエミリアの表情を気にかけることもなく、父は満足げに頷《うなず》くと、臣下たちと行ってしまう。

残されたエミリアは、一人回廊に立ったまま腫れた手をさすった。

（力をつかうとつかれちゃうし、いっぱいなおせるわけじゃないのに……）

軽度な火傷《やけど》くらいならば確かに治すことはできる。だが、だからといって無限ではないことも、アルビノの脆弱《ぜいじゃく》さも、父は理解してくれようとはしなかった。

聖女たるエミリアは、神のごとき力があって当然だと思っているのだ。

「いたい……」

一層痛む肌に、目に涙が滲《にじ》む。けれど、こんなことで泣くなんてできなかった。

幼いながらに、自分は聖女だという自負がある。

仕方なく、帰国したばかりで疲れている身体を酷使して癒しの力で傷を癒そうとしたときだ。

中庭から泣き声が響いた。

「うぇぇええん、ひめさまいたいですぅぅうう」

声に驚いたエミリアは、植えられていた常緑の低木に身を潜め、そっと声の方を窺《うかが》った。

低木の隙間から見えるのは、姉とその侍女の姿だった。

どうやらいつも一緒にいる侍女が転んだようで、膝からは赤く一筋の血が流れていた。

「まぁ、大変！　ちょっと待ってね」

みっともなくボロボロと涙を零《こぼ》す侍女の流れる血を、ミレーユは自分のハンカチでぬぐうと、取り出した薬を塗りこんだ。その上から、またハンカチで傷口を覆う。

「ルルは嬉《うれ》しいことや楽しいことがあると走り出してしまう癖があるわね。でも、危ないから走ってはダメよ」

一通り手当てが終わると、優しく諭す。

そして最後に、ミレーユは宝物に触れるかのように、そっとハンカチ越しの傷口に手を置いた。

「痛いの痛いの飛んでいけ。私のところへやってこい」

沁《し》み入る柔らかな声だった。

「ふぇ!?　だめです！　ルルがころんだんですから、ひめさまのところにいっちゃだめです！」

「おまじないよ。ルルが早く治るように」

慈愛に満ちた黒曜石の瞳を優しく細め、ニッコリと笑む。

痛みも忘れたのか、侍女がつられたように笑い、ミレーユの胸にしがみついた。

見る者が見れば、心温まるような場面であっただろうが、エミリアは沸々となにかがせり上がってくるのを感じていた。

それはきっと、――怒り。

「……エミリア？」

不意に、自分の存在に気づいたミレーユに名を呼ばれた。

見ていたことを気づかれた瞬間、とっさに駆け出していた。

ミレーユが呼び止める声には耳を貸さず、ただ怒りのままに走る。

（なによっ、なによっ、なによ！）

皆自分を特別だと言い、治してくれと言う。

けれど、自身の痛みを治してくれようとする者は誰一人いない。誰もいないのに……。

(なによ……)

ミレーユのことを許せないと感じるようになったのは、たぶんこのときからだ。

(わたくしのいたみには、みんなきづいてもくれないのに！)

太陽の光が肌に当たれば痛みが走り、目は眩《まぶ》しさに歩くことも難しい。

けれど、誰も労《いたわ》ってはくれない。

自分の痛みを引き受けてあげると言ってくれる人はいない。

だって、自分は聖女だから。癒しの力が使えるから……。

(聖女だから、わたくしは一人なの？)

ふいに世界に取り残されたような錯覚に足が揺らいだ。グラグラと、不安定な世界に生きていることを思い知らされる。

(ねえさまがいなければ、こんなきもちになんてならなかったのに！)

侍女に対しまるで宝物のように優しく触れる姉。

それは侍女ではなく、妹である自分に与えられるものではないのか？

けれど、そんなことを口に出して欲するなどできない。

自分は聖女であり、特別な存在だ。

平凡で、傷一つ癒せず。効くか分からぬ薬の力を借りるしかない姉に、なぜ縋《すが》らなければならないのか。

(おまじない？　そんなのただのことばじゃない！)

そんなものに意味などない。

だから、そんな不要なものを、自分は欲しがったりなんてしないのだ！


いつの間に眠ってしまったのか。

机に突っ伏していた上半身をあげると、窓辺に人影があった。

「あ……ごめんなさい。起こしてしまったかしら？」

寝ている間に消えてしまった蠟燭《ろうそく》のない薄暗い部屋に、ミレーユの柔らかな眼差《まなざ》しがあった。

陽が沈んだことで緞帳《どんちょう》を開け、ほんの少し空気を入れ替えようとしてくれていたようだ。

(まだ夢の続きを見ているのかしら……)

けれど、肩にかかる自分のものではない厚手のケープの暖かさが、ゆっくりと覚醒へと導いてくれた。これは夢ではないと。

(……なんでまた帰って来てるのよ)

ドレイク国とグリレス国は、世界の裏側といっても過言ではない距離だが、どうせ姉にだけは優しい婚約者が連れてきたのだろう。

あの美しくも恐ろしい竜王がどこで聞いているか分からない。

エミリアは口を噤《つぐ》んで、その代わりにふんと顔をそらしてやった。

そんな態度にも、ミレーユは嬉しそうに語り出す。

「お兄様からお聞きしたわ。魔力の操作も、渡した本もよく読んでお勉強していると。とても頑張ったのね、えらいわ」

幼い子供を褒めるような手放しの称賛だった。

一瞬、じんわりと胸の上からせり上がり、それが涙へと変わりそうになる。

寝起きの。それも心寂《うらさび》しい夕暮れ時に、なぜこの姉はエミリアが欲しかった言葉をくれるのだろう。

けれど嬉しさとは反対に、口を衝いて出たのは相変わらずの憎まれ口で。

「別にっ、頑張らなくても普通にできるわっ。バカにしないで！」

生意気な言い様にも、ミレーユはロベルトのように鼻で笑ったりしなかった。

ただ嬉しそうに瞳を細め、「そうね。エミリアだものね」と同意してくれる。

エミリアはむずがゆい気持ちで視線をさ迷わせた。

いままでたくさんの者が賛辞をくれたが、当然だと思って聞き流してきた。それなのに、姉の前ではうまく流せない。

黙り込むエミリアに、ミレーユは気遣わしげに左手を取った。

「よかった。痕《あと》は残ってないわね……」

ほっとした顔で、以前陽に当てられて火傷を負った左手を撫《な》でる。

あたたかな指先が、そっと触れるとさきほど感じたむずがゆさがより強まった。

我慢できず手を振り払うと、椅子から立ち上がり威嚇するように両腕を腰に回して言った。

「当たり前でしょう。わたくしは聖女よ、そもそも魔力さえあれば傷なんてすぐに治るんだから！」

嘘だった。この前の傷に、癒しの力は使っていない。傷がキレイになったのも、ミレーユから貰った薬のおかげだ。しかしそれを隠し、なおもエミリアは言い募る。

「魔力さえあれば、わたくしはなんだってできるもの！　できないことなんてないんだから、変な子供扱いはやめてください！　いただいた本だって覚えるのは簡単だったし！」

ふんと、そっぽを向くと、なぜかミレーユは喜び。机の上に置いてあった本を手に取った。

（？　あんな本、私は置いてなかったはずだけど）

ミレーユから先日貰った本は別にある。赤の装丁がなされた本など自分は持っていない。

「遅くなってしまってごめんなさい。——はい！」

そう言って、以前の倍はある本を手渡してくる。

「………え？」

「今度は急ごしらえではなく、ちゃんと詳細に書いてみたの。これならきっとエミリアも納得してくれるのではないかしら」

凝視するのも嫌で、エミリアは重しのような本を、目を下に動かしてチラリと見る。

ズシリとした重みは、両腕に力を入れていないと本を取り落としそうだった。

この前のようにページを捲《めく》る元気もなく、エミリアは呟《つぶや》いた。

「ね……さまの……」

「エミリア？」

「姉様のバカ――――ッ！」

「エミリア?!」

大きく叫ぶなり、扉の方へと駆け出した。

外には壁に寄り掛かるカインと、頭に変なものを乗せたルルがいたが、エミリアは無視して走った。

いまだ廊下から聞こえるエミリアの泣き声に、ミレーユはなにがダメだったのか分からず、右手をあげたまま固まった。

「え……どうしたの、エミリア？　あ……、もしかして少なすぎると怒っているのかしら？」

ミレーユは頰に手を当てると、しょんぼりと頭を下げ「もっと頑張って分量を増やせばよかったわ……」と、小さく零《こぼ》した。

書き下ろし 兄の憂慮

「母上は、どうして父上の暴挙をいつも許すのですか？」

当時五歳になったばかりのロベルトは、母に問いかけた。

息子の憤怒に、椅子に腰かけていた母は、大きく育った腹をさすりながら言った。

「齧歯族《げっしぞく》は本来、同族同士の縄張り争いが強い生き物なのよ。多くの国民を統率するには、王という象徴が必要不可欠だわ」

「……それは理解できますが、象徴が父上である必要はないですよね？」

妻が身ごもっているというのに、顔を見れば嫌みを言い。妊婦に仕事を押し付けてくるような男だ。冠を被《かぶ》るだけなら案山子《かかし》にでもできる。

なんの役にも立たない王など、この国に必要だとは思えなかった。

「あの人を王座から引きずり落とすとなれば、少なからず争いが起きるわ。臣下の中には利益を受けている者もいる。彼らを一掃するには一筋縄ではいかないわ。なにより……」

そう言って言葉を切ると、母は厳しい瞳で三連窓の先を見つめた。

「内側から崩壊すれば、近隣諸国はきっとその隙を見計らって攻めてくるわ。そうなれば、齧歯族の兵だけではいともも簡単に国を乗っ取られてしまうでしょう」

内戦から外戦に飛び火することを、母はもっと恐れていた。

そのために、父の行いにも目をつぶっているのだ。

（下位種族は、内輪もめすらまともにできないのか……）

すべては齧歯族だから、という理由で我慢を強いられることに、ロベルトの心に苛立《いらだ》ちが募る。

「……ねぇ、ロベルト。ミレーユを守ってあげてね」

突然、いつも強い母が瞳を細め、まるで縋《すが》るように言った。

いま思えば、母はこのときから自分の死期を感じ取っていたのかもしれない。

腹が大きくなるにつれ、自分や妹に教え込む時間が増えたのも、それが原因だったのだろう。

とくにミレーユには、とても三歳の少女が理解できるとは思えない難解なものすらたたき込もうとしていた。

母曰《いわ》く、いまは理解できずとも、一度でも見聞きしたことは脳に残るはずだ、と。

それだけではなく、本来安静にするべき妊婦が、朝昼夜問わず空いた時間には書き物ばかりしていた。できる限りのものを残してあげたいとばかりに。

そしてそれは現実となり、エミリアが生まれると同時に母は亡くなってしまった。

父の天下となったのだ。

不安はあったが、このときはまだ心のどこかで父に希望を抱く気持ちが微《かす》かには残っていた。

それが木《こ》っ端微塵《ぱみじん》に砕け散ったのは、ロベルトが十歳になってすぐのころだ。

鍛錬所に向かうため、洞窟を彷彿《ほうふつ》とさせる暗い廊下を歩いていると、ふいにグイッと、ズボンの端を引っ張られた。驚いて下を見れば、そこには口を曲げたルルがいた。

この階の近くには使用人の居住地があるとはいえ、ロベルトが歩いていた回廊は正式な使用人として雇われていないルルが入っていい区画ではなかった。

しかしルルはそんなことお構いなしに、むすりとした顔で言った。

「ルル、あの鳥のおっさんキライです」

「は？」

突然の主張に、ロベルトは片眉をあげる。

ルルが言う鳥のおっさんとは、きっとカラスを祖先にもつ鳥綱族《ちょうこうぞく》の男、サバクのことだろう。

サバクは自国でもそのおごり高ぶった性格を厭《いと》われ、王位継承者から外された男だ。

よほど暇なのかやたら来訪しては、齧歯族を見下した態度を取り続けるため、城の使用人たちからも蛇蝎《だかつ》のごとく嫌われている。

ロベルトも嫌悪の対象として見ていたが、一応他国の王族。それを口や態度に出したことはない。

（ミレーユのやつ、ルルのことを甘やかしすぎじゃないか）

平民の身分で、さすがに他国の王族を誹《そし》るのは口が過ぎる。

咎《とが》めようとするも、ふと従者の言葉が頭をよぎった。

従者はルルの腹違いの兄だったが、齧歯族において、腹違いの兄妹など腐るほどいる。

血の繋《つな》がりはあれど、お互い兄妹という認識が薄いのが常だ。

それでも従者には、「クズを父親に持つ同じ被害者」という気持ちがあったのか、たまにルルにお菓子を渡していた。

その彼が言っていたのだ。

ルルは《先祖返り》だと。

身体能力を底上げでき、いざというときの勘が鋭い。

本人はまったく意識していないため気づく者は少ないが、あれは紛れもなく先祖返りの娘だと。

『アイツ、感情が高ぶったまま走ったらよく転ぶでしょう。まだ二足歩行が下手なんですよ』

先祖は四足歩行でしたからね、と言って従者は笑っていたが、ロベルトからすればそれはただの身内の欲目で、落ち着きがないだけのように思えた。

(先祖返り……ねぇ)

ロベルトはしばし熟考すると、

「分かった。覚えておく」

わずかに頷《うなず》いて答えた。ルルはそれで納得したのか、くるりと踵《きびす》を返して去っていく。

(本当に、なんなんだ……)

奇怪な行動が多いのは子供ゆえか。

ロベルトとて十歳。年頃で言えば、十分まだ子供だ。

しかし、王族の長子という出自ゆえに、子供らしい時期などほとんど与えられなかったロベルトは、不可解なルルの行動にため息を零《こぼ》す。

このときはまだ、ルルの忠告に救われるなど思ってもいなかった。


それから数カ月が経《た》ち、ルルとのやり取りも忘れかけていたロベルトは、客人用の茶器を盆に載せたミレーユの姿に足を止めた。

「客か？」

「はい。サバク様です」

「なぜお前が茶を運んでいるんだ。侍女はどうした？」

「それが……」

なんでも彼は「下賤《げせん》な者の淹《い》れた茶など飲みたくない。せめて下位種族でも、王女が淹れるなら飲んでもやっていい」と宣《のたま》ったそうだ。

聞いた瞬間、「クソがっ」と品のない言葉が飛びそうになった。

鍛錬所で一般の兵たちと話す機会が多くなったロベルトは、このころから荒い言動を覚えるようになっていた。もちろん、ミレーユの前で吐きだすようなことはしない。

「八歳の娘に茶を淹れさせるなんて、どうかしている」

せめてもと皮肉を告げれば、ミレーユは困ったように眉を下げて、小さく笑った。

「お父様も、サバク様からのご命令は逆らうなとの仰せでしたので」

「……そうか」

相変わらず自分より格上な相手には恭順らしい。そういう態度がより齧歯族の地位を貶《おとし》めていることに、あの愚王は気づいてもいないのだろう。

腹立たしさに今度は舌打ちが出そうになるのをなんとか呑《の》み込んでいると、ミレーユが「それでは」と、客間へと向かう。

ロベルトもミレーユに背を向け、再び歩き出すが――。

『ルル、あの鳥のおっさんキライです』

ルルのしかめっ面を思い出し、ピタリと足が止まった。

「ミレーユ！」

気づけば呼び止めていた。

回廊に響くほど張り上げたロベルトの声にミレーユは驚いて振り返り、不思議そうに首を傾《かし》げた。

「どうされました？」

「あ……いや……」

とっさに呼び止めたはいいが、続く言葉を考えていなかった。しかしすぐに、ロベルトはいつもの調子で言った。

「お前だけでは心もとないからな。俺も一緒に挨拶に行こう」

「まぁ、よろしいのですか？　お兄様が一緒なら心強いです」

やはり一人で客人をもてなすことに緊張していたのか、ミレーユが安堵《あんど》の笑みを零《こぼ》す。

サバクはロベルトの姿を見ると一瞬鼻白んだ顔をし、何かを呟《つぶや》いたが、その後は黙って茶を飲んでいた。

どれだけ齧歯族と見下しても、サバクの魔力総量は年下のロベルトに劣る。

嫌がらせじみた言動でもすれば、割を食うのは自分だと理解しているのだろう。

もう二度と来るなと心の中で舌を出しつつも、彼が思いのほかすんなり帰ったことに、気を回しすぎたなと考えていた。

だがしばらくして、鍛錬所で兵たちの話を耳に入れたとき、そうではなかったことを知った。

「なぁ、知ってるか。町に出入りしている商人から聞いた話なんだが。あのくそカラス、兎形族《とけいぞく》の王女に手を出そうとしたらしいぜ」

「はぁ？　兎形族の王女って、ミレーユ様と同じまだ八歳くらいの子供じゃなかったか？」

微かに耳に入ってきた噂話《うわさばなし》に、鍛錬中の手が止まる。

「どうせ娶《めと》るなら若い方がいいって考えたんじゃねぇの。兎形族のほうは、王女のことが邪魔だった側室が手引きしたって話だぜ。悲鳴に気づいた家来がすぐに助けたからよかったものの、マジで屑《くず》だよな」

「それで、くそカラスはどうなったわけ？」

「ブチ切れた王様が鳥綱族に直訴したらしいけど、結局は金で終わらせたみたいだぜ。手引きした側室は極刑になったらしいけど」

「なんだよ、じゃあアイツは死んでないのか」

残念そうに、兵士が言う。

彼らは名を出しはしなかったが、それがサバクを指していることは明白だった。

（……手引き？　そういえば、アイツなにか呟いていたな……）

耳には届かなかったサバクの呟き。

必死に記憶を辿《たど》り、あのときの口元の動きを思い出す。

『話が違うじゃないか』

サーッと、顔面蒼白《そうはく》になる。

この国で兎形族の側室と同じようにサバクと密通していた人物がいたとすれば、それは一人しか思い当たらない。

『お父様も、サバク様からのご命令は逆らうなとの仰せでしたので』

てっきり給茶のことを意味しているのだと思っていたが、もし父が別の意味合いを含めて言っていたのだとしたら――――？

青くなった顔が、今度は怒りで赤く染まるのが自分でもありありと分かる。

ロベルトは、無言で鍛錬所を出ると、その足で王の私室へと向かった。

父は真昼間から長椅子で愛人と戯れていた。

上半身が露《あら》わになっている女が、無言で部屋に闖入《ちんにゅう》してきたロベルトの鬼気迫る表情に恐れをなし、逃げるように部屋を出て行く。

一人残され、長椅子からずり落ちそうになりながらも喚《わめ》き散らす父に、ロベルトは脇下めがけて剣を突き立てた。

ザクリと、ビロードが張られた椅子に剣の切っ先が沈む。

「ぐ、がッ！」

ほんの少しずれていたら、自分の身体《からだ》が切られていたかもしれない恐怖に、聞くに堪えない悲鳴が飛んだ。

ロベルトはそんなことにはかまわず、目の前の男の喉元を摑《つか》んだ。

「嘘《うそ》偽りなく答えろ。お前、ミレーユにあの屑のカラスをあてがおうとしたのか？」

目に怒りを滾《たぎ》らせ、とても同じ齧歯族とは思えぬ威圧を放つ十歳の息子に、父の瞳には恐怖と脅《おび》えが滲《にじ》む。

「こっ、こんなことをして、ただですむと思っているのか!?」

「聞こえないのか。俺は嘘偽りなく答えろと言っているんだ。そんな使い物にならない耳なら、二つもいらないな。一つ引きちぎってやろうか?」

笑いながら言ってやると、父は唇を白く染め、わなわなと震わせた。

その場しのぎの嘘など簡単に見破ってやるとばかりに鋭い眼差《まなざ》しを向ければ、観念したのか怒鳴るように喚き散らす。

「この私が、出来損ないのためにわざわざ嫁ぎ先を決めてやったんだ！　糾弾される謂《いわ》れなどな……ひっ！」

言い終わる前に、ロベルトは無言で剣を引き抜くと。剣を振り上げ、長椅子を大きく横に切り裂いた。羽毛が飛び散り、ひらひらと空中を舞う。

唖然《あぜん》とする父は、恐怖のあまり戦慄《おのの》く唇を歪《いびつ》に動かし、大きく叫んだ。

「つ……、追放だ！　北の要塞にお前を追放してやる……っ！」

必死な形相で叫ぶ男を見下ろし、ロベルトは終始感情のこもらない声で言った。

「ああ、どこにでも行ってやるよ。だがな、もしミレーユに対してまた同じようなことをしてみろ。そのときは容赦なくその首を切り落としてやるからな！」

その声に呼応するかのように、背後でガタガタと調度品が動き、棚から落ちる。

ロベルトの重力操作の魔術が、部屋全体を揺らしていた。魔力の暴走だ。

「北の要塞からだろうが地獄の果てからだろうが、どこまでも追いかけて死ぬよりも悲惨な目に遭わせてやるからな。──よく覚えておけ」

北の要塞に飛ばされることとなった過去の経緯を思い出すと、ロベルトは暗澹《あんたん》とした気分になる。

カインには後悔はないと言い切ったが、怒りに目が眩《くら》んだ軽率な行動だったことは否定できない。

あのとき、もっとうまく事態を動かせなかったのか。

そのせいでロベルトはミレーユに対し、エミリアとの関わりを絶たせるしかなかった。

立場の弱いミレーユが、エミリアまで助けようとすれば父がなにをするか分からない。

しかし脅しだけは有効だったようで、それ以来、ミレーユに不適当な男をあてがうような真似《まね》はしなかった。逆にいい縁談も潰していたようだが。

（まぁ、それは結果的に考えればよかったのか。もしもミレーユが別の男と結婚していれば、竜王陛下の怒りを買っていただろうし）

そんなことを考えながら、ロベルトは目の前の美丈夫に視線を戻す。

圧倒的なオーラを放つ竜王に呼び出され、ロベルトは再びドレイク国に足を運んでいた。

彼には力添えをしてもらった手前、その後の状況報告は当然するべきだと考えてはいたが、まさか……。

「それで、北の要塞に行くことになった経緯を話す気になったか？」

開口一番の質問がそれだった。

「……私のことなど、お気になさるようなことでは……」

「君の性格上、私情で動いた結果だとはあまり思えなくてな。なら、ミレーユが絡んでいるんじゃないかと考えれば納得がいく」

ミレーユ絡みなら、何が何でも話を聴かせてもらうという強硬な態度に、ロベルトは頭を悩ませた。

（さすがに、この話はバカ蛇の比じゃない。話せば確実にこの方はバカ親父《おやじ》とバカカラスを抹殺する……）

当時のミレーユは、カインと出会う前。竜印に守られていない時期だ。

ミレーユを守るものがないときに、あのバカ親父がふざけた謀《はかりごと》をしようとしていたことを知れば、彼の怒りはいかばかりか。

あの二人が死んだところで、ロベルトは一向に構わない。

だが、そのことが原因で、ミレーユに北の要塞送りになった本当の理由が知られるのは避けたい。

このことは、墓場まで持っていくつもりだった。

しかし相手は竜王。絶対に聞き出す心づもりでいる彼を前に、誤魔化すことは難しい。

そこで、ロベルトは真実を混ぜた嘘をつくことにした。

「まぁ……、ミレーユ絡みではないと言えば嘘になりますが、そのような大層な話ではないのです。あまりに父がミレーユを厭うので、怒りに任せて剣を振るったら追放されたという。なんとも情けない話でしたので、告げるのを躊躇《ためら》っておりました」

苦笑を浮かべて話すも、カインの表情には疑念が示されていた。

どうやらこの話だけでは弱いようだ。ロベルトは不自然にならないように話を続けた。

「以前、父にとってミレーユは忌み子だったと申しましたが、それは生まれた日の出来事が原因なのです。その日は凶事が起こり、父はミレーユの誕生のせいだと喚きたてました。それはミレーユが成長しても同じで、あまりに目に余ったものですから」

「ミレーユが生まれた日……、それはぜひとも聞きたいな」

案の定、カインは『ミレーユが生まれた日の出来事』というワードに食いついてくれた。

ロベルトはできるだけ、取り立てて問題にするほどではないという口調で話す。

「ミレーユが生まれた日、山が噴煙をあげたのです」

「噴煙？」

「はい。普段は静かな山で、誰もその山が活火山だとは知りませんでした」

古文書にも記されていないほど、長い間沈黙を守っていた山が、ミレーユの誕生と共に突然煙を上げたのだ。これに父や、それに追随する臣下たちは凶事だと騒ぎ立てた。

「噴煙と言っても、少しの揺れと煙が上がっただけで被害はなく、灰も風向きが違ったせいでこちらに舞うことはありませんでした。つまり、まったくの無害だったんです」

この話をすれば、父親同様に不吉と捉え、ミレーユのことを色眼鏡で見る者もいるが、妹の婚約者はそんな人物ではない。

だからこそ大丈夫だろうと打ち明けた話だったが、カインは思いの外難しい顔で顎下に手を置いた。ロベルトは少し慌てた。

「も、申し訳ございません、貴国にはなにか障る話でしたでしょうか？」

「いや……、ここまで見解が違うものかと考えていた」

「は？」

「それのなにが凶事なんだ？　つまり祝砲が上がったということだろう」

「し、祝砲……？」

思わぬ単語が飛び出したことに、ロベルトは怪訝《けげん》な顔で復唱した。

彼ならいたずらに恐れたりはしないだろうとは思ったが、まさか祝砲などと言われるとは。

「初代竜王は火山から生まれた竜だ。竜族は火を尊び、山が生きている証《あかし》である噴火は吉兆として扱う。現に竜王の婚儀では意図的に爆発を誘導し、大噴火させる儀式があるぞ」

「わざと噴火させるのですか!?」

「儀式は深夜に行うが、噴き出す火山灰は空をより黒く染める。火山雷の雷鳴と、煮えたぎるマグマが流れる様はなかなか美しいからな。きっとミレーユも気に入ってくれると思う」

そんな恐ろしい光景、ミレーユは気に入るどころか、きっと硬直したまま身じろぎ一つできないはずだ。

「そんなことをしたら、辺り一帯は壊滅するのでは……」

愕然《がくぜん》とするも、彼はなんのてらいもなく言った。

それを御するのが、最初の花嫁との共同作業なのだと――。

「……申し訳ございません、少し意味が分かりかねます」

「無事婚儀が終われば、私の力はミレーユに分け与えられる。その力で、爆発時に起きる火砕流や空振を無効化するんだ」

カインにとって、火山爆発は花火と同様らしい。開いた口が塞がらない。

「もちろんロベルトも儀式には参加するだろう?」

特等席を用意させるという彼に、なんとか声を絞り出す。

「あ、ありがとうございます……。楽しみにしております……」

しかし平常心が保てず、頬は完全に引き攣《つ》っていた。

「お兄様!」

カインが所用で席を外していると、見計らったようにミレーユが応接間へとやってきた。

質の高い絹を何層にも重ねた豪華な衣装に身を包んでも、まったく昔と変わらぬ笑みを浮かべる妹は、ロベルトの顔を見るとホッとしたように言った。

「お元気そうで何よりです。エミリアも風邪などひいていないでしょうか？」

すぐさま自分と妹の身を案じるミレーユに、思わず怒鳴っていた。

「お前は少しは自分の心配をしろ！」

「え？……あ、はい？」

突然の苦言に、ミレーユが驚いて目を瞬かせる。

その表情に一層不安が募り、ロベルトは盛大なため息を吐《つ》いた。

書き下ろし　その後の二人

「姫さま、竜王さまのことキライになったんですか？」

「……え？」

長椅子に座っていたミレーユは、向かい合わせのルルから尋ねられた思いも寄らない質問に、手にしていた刺繍《ししゅう》枠《わく》と針を落としそうになった。

「どうしたの、ルル？　どうしてそんなことを……」

ミレーユがカインを嫌いになるなどありえない。

ありえないからこそ、否定よりも質問を口にしていた。

驚くミレーユに、ルルはお菓子を頬張ったまま答えた。

「だって、最近竜王さまのこと見かけたらバッと逃げちゃうじゃないですか」

さらりと告げられた言葉に、ミレーユの顔が強張《こわば》る。身に覚えがあったのだ。

「そ、それは……逃げているのではないの。ちょっと、回避しようとしているだけで……」

「ふぇ？　逃げると回避、って同じ意味じゃないんですか？」

それはその通りかもしれないが、ミレーユとしては違う。心情として大きく違うのだ。

けれど、それをルルに話すことは躊躇《ためら》われた。

（言えないわ。カイン様から提案された、抱きしめる練習を再度求められないように回避しようとしているだなんて。さすがに相談できない！）

ミレーユの心境を知ってか知らずか、ルルは明るい声で言う。

「ルル、姫さまがあんなに早く動けるってはじめて知りました！」

ミレーユ自身、逃げ隠れするのが得意な小動物の末裔《まつえい》のわりに、俊敏さに欠けている自覚はあった。

つい本題も忘れ、「そんなに早く動けていたかしら？」と問えば、

「はい！　竜王さまもびっくりされていましたよ！」

笑顔で答えるルルにつられ、ミレーユも口元をあげそうになったが、すぐにその意味を理解し、唇が引き攣《つ》った。

「……え？　え?!　カイン様に……見られていたの!?」

距離はあったはずだ。こちらの方がさきに気づき、さっと身を隠したつもりだった。

まさか、見られていたなんて……。

ほぼ条件反射だったとはいえ、竜王相手に無礼を働いてしまった。

（いまさらながら、私はなんてことを……）

テーブルに突っ伏したくなる衝動を堪《こら》え、己の愚行を猛省する。

そんなミレーユに、ルルはどこまでも無邪気な笑顔で、

「竜王さま、なんかすっごくショックだったみたいですよ！」

打撃を与えてきた。

（ど、ど、ど……どうしたらいいの……っ）

もはや声も出ない。

「だから、ルルちゃんとお伝えしました」

ルルは背を反らすと胸をトンッと叩《たた》き、自信満々に言った。ミレーユは恐る恐る尋ねる。

「……なにを、お伝えしたの？」

「嫌われてもまた好かれたらいいいんですよ！ってお伝えしました！」

「ち……ちが……っ！」

そもそも嫌ったりなどしていない。どちらかというと、好きすぎてどうすればいいのか分からず避けてしまったのだ。

けれど天真爛漫《てんしんらんまん》が服を着ているようなルルに、そんな微妙な乙女心など分かるはずもなく。

頭を抱えたミレーユは手仕事をやめ、その日の午後は、どうカインに謝罪するべきかということに思考を費やすこととなった。

正餐《せいさん》までの時間、つらつらとカインへの言い訳を考えていると、扉をノックされる音がした。

返事をして扉の前に立つと、現れたのはカインだった。

「か、カイン様……！」

少し声が上擦る。狼狽《ろうばい》するミレーユだったが、カインの方はといえば普段と変わらぬ様子。

彼がこちらの無礼に対し、怒りを見せていないことに勇気をもらい、すぐさま謝罪する。

最敬礼で「申し訳ありませんっ！」と頭を下げるミレーユに、カインは驚いた顔をした。

「どうかしたのか？」

「あの、に、逃げてしまったのは、私の不徳のいたすところで……けっしてカイン様を嫌っているなどという理由ではないのです！」

下手くそな言い訳をすると、カインは「ああ、そのことか」と呟《つぶや》いたが、やはりその声に憤りの色はなかった。

「確かにあのときは少しショックだったが、そのあとルルが――」

嫌われてもまた好かれたらいいんですよ！　発言の後、『でも、姫さまが竜王さまのことを嫌っているなんてないですよ！　だって、この前も……』と、いかにミレーユがカインのことが好きか話してくれたそうだ。

宝石みたいなキレイなお菓子を一緒に食べたとか、天気の良い日に中庭で美しく咲くカサブランカの花を一緒に見られて嬉《うれ》しかったなどなど。

自分でも意識していなかったが、どうやら思っていた以上にルルに惚気話《のろけばなし》のようなことを語っていたようだ。羞恥に頬が熱くなる。

(そういえば、途中から動揺のあまりルルの話をちゃんと聞いていなかったわ……)

思い起こせば、ルルの話はまだ終わっていなかったというのに、己のしでかした不敬に恐縮しすぎてすべて聞き流していた。

ミレーユの不始末のフォローまできちんとしてくれたルルに、感謝と反省を捧《ささ》げていると、カインはずっと脇に抱えていた長方形の木箱をテーブルに置いた。

「ルルが話してくれたなかに、私が仮式で着衣した衣装を、ミレーユが見たがっているというのがあったから持ってきたんだ」

そう言って、彼は花の冠の彫刻がなされた木箱を開けた。それは衣装箱だった。

皺《しわ》が寄らぬよう折りたたまれた純白の絹生地に金糸の刺繍が見え、ミレーユは目を輝かせた。

「まぁ……!」

偽の花嫁として入国し、突然の挙式に仰天するあまり記憶から抜け落ちていた彼の婚礼衣装をもう一度見ることができるなんて。

(カイン様は、本当に寛大で寛容でいらっしゃるわ)

ミレーユの不敬を咎《とが》めることもなく、それどころかルルの話を聞き、仮式の婚儀衣装まで持ってきてくれたのだ。

父やヨルムという男性ばかり見てきたせいか、よけいに彼の優しさが胸に沁《し》みた。

ミレーユは喜びのあまり、さっそく衣装箱の中に収められた衣装に手を伸ばした。が――、

「待て、ミレーユ！　直《じか》には触れない方がいい！」

「っ、失礼しました！」

カインの制止に、すぐさま手を引っ込める。

てっきり高価な衣装にベタベタと触ることを懸念されたのだと思ったのだ。

しかし、それはまったくの見当違いだった。

「仮式用の礼服には魔石が使用されているからな。触れると初代竜王の魔力が移ってしまう」

「え……」

まるで病原菌扱いだ。そもそも魔力は移るものではない。

（寛大で、寛容……？）

一瞬だけ、さきほどの評価にヒビが入りそうになるが、いやいやと心の中で頭を振る。

（これが竜族の男性の普通なのよね、きっと……）

なにせ、ゼルギスもカインと同じようなことを言っていた。

ゼルギスはつい先日、ルルに求婚した。

なぜかルルの結婚相手の選定権を持ってしまったミレーユは、彼の人となりを知るためにも、あることを尋ねた。

それは、カインが『自分よりも先にミレーユに求婚していた事実が許せない』という理由だけで、

ヨルムに対し殺意を露《あら》わにしたことについて。

これが竜族の男性にとっては普通なのかどうか質問したのだ。

すると、これを聞いたゼルギスは眉間に皺《しわ》を寄せ、渋い表情を見せた。

その顔に、やはりこれは竜族とは言え一般的な思考ではないのだと思ったのも束《つか》の間《ま》、彼は「カイン様は、その男を殺さなかったのですか……。私なら瞬時に葬っております」と宣《のたま》ったのだ。

しまいには、カインの寛容さに驚愕《きようがく》さえしていた。

竜族の男性二名が同等の発言をしているのだ。竜兵とすら、挨拶以上の会話を交わしたことのないミレーユは、これがドレイク国の標準的思想だと納得するしかなかった。

異文化すぎて、ミレーユには理解が難しかったが――。

（理解が難しくとも、嫁いだ身だもの。嫁ぎ先に合わせるのは当然だわ。…………でも、仮式の婚礼衣装は触れたい……！）

箱に入っている状態でも、その美しい仕上がりは見て取れるが、できることなら手に取ってあますところなくじっくりと拝見したかった。

ミレーユは衣装箱の上で固まったままの行き場のない指をさ迷わせるように動かすと、それに気づいたカインが考え込む。

「さすがに触れずに見ることは難しいか……。では、私が着てみせるのはどうだろう？」

願ってもない提案に、ミレーユは思わず「はい！」とここ一番の声をあげた。

「これで少しは見やすいか？」

別室で着替えたカインに声をかけられ、振り返ったミレーユは言葉もなく陶然とした。

太陽の煌《きら》めきをもつ髪色に、生命に直結する深紅の瞳。均整の取れた体格。

純白の婚礼衣装はそのすべてを美しく映えさせていた。

まさに太陽神。眩《まぶ》しくて目がチカチカしてしまう。

普段の黒や紺の装いも凜々《りり》しく風格に溢《あふ》れているが、純白の柔らかな色合いに包まれているカインも、ほれぼれするほど美しかった。

ほぉっとため息を吐《つ》きながら、ミレーユは褒め称《たた》えた。

「とてもよくお似合いです……！」

「まるで初めて見たような口ぶりだな」

直球の賛辞が面映《おもは》ゆかったのか、カインが笑う。

その言葉に、ミレーユは思わず視線を斜め下に落とした。

「あ、あのときは緊張していたので……、衣装のことはあまり記憶になくて……」

口ごもりながらも伝えれば、仮式のときのミレーユがどういった立場にあったか、カインも思い出したようだ。

「そういえばそうだったな……」

途端、口が重くなったカインに、慌てて話を逸《そ》らす。

「遠目からだと純白のご衣装に見えますが、実際は上質な白の絹地に銀糸が織り込まれているのですね！　光が当たるとキラキラと輝いて、とても美しいです！　袖に刺繍された小さな花の連続模様も見事な手作業で……あ、金のカフスボタンと同じ形なのですね」

話を変えようと衣装のことに話題を移したが、いつしか本気で見入っていた。

使用されている素材一つとっても、ミレーユにとっては初めて見る高級なものばかり。

精緻な手作業の集大成とも言える衣装は、見ていて飽きることがない芸術品だ。

その素晴らしさに、衣装に息が触れるのではという至近距離まで近づき見入ると、上からクスクスという笑い声が降ってきた。

「それほど衣装にばかりに目を注がれると、衣装にまで嫉妬しそうだ」

「?!」

冗談めかしたからかいに、ぼっと頬が赤くなる。

抱きしめられるかもしれないという恥ずかしさのあまり自分から逃げ出しておいて、針子視点になれば近づくなんて、なんと身勝手。

己の振る舞いに足を後退させようとすると、さきほどまで笑っていたカインが真面目な顔つきでミレーユの腕を取った。

「よかった。距離を取られるとやはり寂しい」

「カイン様……」

さきほどはなんでもない風に言っていたが、やはり彼も気にしていたのだ。

「この前はミレーユの気持ちをないがしろにして、練習しようなどと強制するようなことを言ってしまった」

「強制などとは思っておりません！」

強く否定するも、彼は自嘲の笑みを浮かべて続けた。

「ミレーユの嫌がることを無理に押し付けたくはない。……だが、君に触れたいと願ってしまう。これは、私の我儘《わがまま》だな」

紡ぐ優しい声音にカインの思いやりを感じ、胸が熱くなる。

じんわりと広がる熱を持て余しながら、ミレーユは逃げまどっていた自分を恥じた。

逃げ出したのは、醜態を晒《さら》す姿を彼に見せたくなかったからだ。

抱きしめられたら、今度は我慢できずに奇声をあげてしまうかもしれない。

全身を赤く染め、うろたえるみっともない姿など絶対に見られたくない。

（自分を守るために、私はカイン様を避けてしまった……）

己の身勝手を優先させ、彼に寂しい思いをさせるなんて忍びない。

ミレーユは顔をあげ、カインに正面から受け止める意思を示そうとした。

「カイン様、私――」

「だが、とくにやめる気はない」

「……え……？」

あれ？　いまの流れにしてはなんだか不穏な断言を聞いたような？

「ミレーユに触れるのを我慢する気はない。一切ない。我欲が強いとナイルに罵られても別に構わない。竜が無欲の方がおかしいだろう。そんな竜族の男に会ったことがない」

「ぇ……ぇえ？」

続けざまに言われ、ミレーユは言葉を失う。なんと返していいかも分からない。

「もちろんこれが私の我が儘であることは理解している。だから、代わりにミレーユも私に我が儘を言ってくれ。それで相殺しよう！」

なんだかとんでもないことを言い出した。

どうやら彼が自分を抱きしめることは決定事項で、それから逃げることはできないようだ。

普段は優しくミレーユを気遣ってくれるカインだが、こういうところは譲れないらしい。

（代わりに、我が儘を聞くとおっしゃられても……）

「私にはこれ以上カイン様にお願いすることなど……」

ありませんと言いかけるも、目の前のカインを見つめていると、ないわけではないことを思い出す。

「一つ……あるにはあるのですが……」

「なんでも言ってくれ！　絶対に叶《かな》えよう！」

「では、カイン様の婚儀衣装のお仕立てを手伝わせていただきたいです」

「……は？　私の衣装を？」

まったく予想だにしていなかったミレーユの願いに、カインの嬉々《きき》としていた表情が困惑に変わった。

「以前差し上げたハンカチは想定外に時間をかけてしまいましたが、婚儀衣装はすでに意匠が決まっているとお聞きしました。前のような醜態は晒しません。今回は必ず期限内に仕上げてみせます！」

「いや、あれは醜態などではなかっただろう……」

カインからすれば、ミレーユの陽力が多分に織り込まれた完璧な品だった。ケチなどつけようがない。そもそもあれに期限など設けていない。

「気持ちは嬉しいが、ミレーユには自身のドレスもある。これ以上はさすがに……」

「あれくらいでしたら、それほど時間もかかりません」

「あれくらい……？　千着のドレスの五分の一にあたる量だ。あれくらいなどと表現できるものでないことくらい、私でも分かるぞ」

「ご心配には及びません。ライナス商会への御依頼分も、もう半分ほど終わっておりますし」

「そうか。それならまぁいい……はぁ?!」

声が室内に響く。カインは俄《にわか》には信じがたいとばかりにミレーユに詰め寄った。

「半分終わった!?　まだあれから数週間と経《た》っていないぞ!」

そこまで驚くとは思っていなかったミレーユは、小首を傾《かし》げた。

「半分終わるには十分な時間をいただきました」

「どこがだ……?　ちょっと待てっ……ちゃんと寝ているのか?!」

顔色を確認するように、頬に手を置かれる。

ミレーユは頬を覆う大きな手にうろたえつつ、それでもしっかりと返した。

「もちろんです。あまり遅くなると、けだまが迎えに来てくれますし」

けだまは、夜はミレーユと一緒に寝たいようで、『はやく寝ようよぉ』とばかりに足にすり寄ってくる。それが可愛《かわい》くて、どれだけ集中していてもそのときばかりは取りやめるようにしていた。

「あの、やはり……難しいでしょうか?」

大切な衣装を、こんなやり取りで決めるなど差し支えるだろう。きっとナイルがいい顔をしないことも分かっている。

自分でも無理を言っている自覚があるだけに、しょぼんと俯《うつむ》くと、すぐさま両肩に手がかかった。

「いや、私から言ったことだ。――必ず叶えよう」

「え、……本当によろしいのですか?」

パッと顔を上げ再度問えば、カインは笑顔で頷《うなず》いた。

「ありがとうございます！　カインさまにご満足していただけるよう尽力いたします！」

「そ、それほど力を入れなくても……。私としては、ミレーユの身体《からだ》の方が心配なんだが」

歓喜のあまり、彼の心配そうな声も耳に入らず、衣装のことばかりが頭に浮かぶ。

「仮式のご衣装とはどれほど刺繍が違うのでしょう。糸はやはり金糸でしょうか？　銀糸の総刺繍というのも素敵ですね！　ああ、衣装の図案を見るのがとても楽しみです！」

夢見るように満面の笑みを浮かべるミレーユに、カインはわずかに淡い苦笑を漏らした。

あとがき

お久しぶりです、森下りんごでございます。

一巻に引き続き、二巻もお手に取ってくださった皆様、ありがとうございます。

本来ならもっと早くにお届けしたかったのですが、森下が遅筆すぎました……！

逆に、森下以外の方々の仕事の速いこと！　爪の垢《あか》を煎じて飲ませて欲しい（真剣）。


さて、二巻でカインの両親の登場を期待されていた方がいらっしゃったら申し訳ございません。

今回はグリレス国メインのお話でした。新規キャラはミレーユの兄と、猫です。

猫――そう、ネズミといえば猫ですよね。実は一巻の書き下ろし辺りで登場させたかったのですが、ページ数の関係で無理だと気づき断念しました。

しかし、そのおかげで二巻では表紙と口絵にも登場。主役の二人以外でカラーを飾れるのはお前だけだよ。m／g先生にこんなに可愛《かわい》く描いてもらえてよかったな、けだま！

もちろんけだまだけでなく、m／g先生には全キャラクターを素敵に描いていただきました！

ちなみに新規キャラ登場の場合、イラストレーター様には、事前に『こんな感じのキャラです』とお伝えするための設定シートをお渡しするのですが、森下はこのシート作成がわりと苦手です。

とくに今回はロベルトの衣装が思い浮かばず、最終的になんかコレジャナイけど、とりあえずこれを……みたいなグダグダな資料をお渡ししてしまいました。（最低だ！）

そんな最悪な作家から届いた資料に対し、ｍ／ｇ先生からいただいたのは、森下の不正解を絶対的な正解に導き出したキャラデザでした。もう、ここに森下の不正解資料を貼り付け、どれだけｍ／ｇ先生の力量が素晴らしいか皆様にご紹介したいくらいです！

ｍ／ｇ先生には、本当にいつも美しい表紙や口絵、作画コストの高すぎる挿絵をいただきありがとうございます！


最後になりましたが、謝罪とお礼を。

まずは担当様。すみません、本当にすみません。毎回「すみません」か、「申し訳ございません」から始まるメールばかり送ってすみませんでした！　おかげで二巻の刊行が出来そうです（泣）。

拙作に携わってくださった関係者の皆様、協力と応援をしてくれた友人にも最大級の感謝を！

そして、何よりもこの作品を応援し、ご購入してくださった読者の皆様には伏してお礼を！

皆様からの応援はどんな形でも嬉《うれ》しいものですが、二作品目にしてはじめてお便りをいただきました。紙とペンを使ってのメッセージをいただける日が来るとは思ってもいなかったので大変ありがたく、宝物にさせていただきます！

それでは、またお会いできる日を願って。

森下りんご

作品のご感想、
ファンレターを
お待ちしています

あて先

〒141-0031　東京都品川区西五反田 8-1-5 五反田光和ビル4階
オーバーラップ編集部
「森下りんご」先生係／「m/g」先生係

スマホ、PCからWEBアンケートにご協力ください

アンケートにご協力いただいた方には、下記スペシャルコンテンツをプレゼントします。
★本書イラストの「無料壁紙」　★毎月10名様に抽選で「図書カード（1000円分）」

公式HPもしくは左記の二次元バーコードまたはURLよりアクセスしてください。
▶ https://over-lap.co.jp/824005304
※スマートフォンとPCからのアクセスにのみ対応しております。
※サイトへのアクセスや登録時に発生する通信費等はご負担ください。

オーバーラップノベルスf公式HP ▶ https://over-lap.co.jp/lnv/

勘違い結婚 2
偽りの花嫁のはずが、なぜか竜王陛下に溺愛されてます!?

発行　2023年6月25日　初版第一刷発行
著者　森下りんご
イラスト　m/g
発行者　永田勝治
発行所　株式会社オーバーラップ
〒141-0031
東京都品川区西五反田 8-1-5
校正・DTP　株式会社鷗来堂
印刷・製本　大日本印刷株式会社

ISBN　978-4-8240-0530-4 C0093

【オーバーラップ　カスタマーサポート】
電話　03-6219-0850
受付時間　10時～18時（土日祝日をのぞく）